选错的班长

[韩] 李恩在 著　　　薛舟 徐丽红 译

浙江文艺出版社

잘못 뽑은 반장 (Class Representative, Chosen Wrong)
Copyright © 2009 by 이은재 (Eun-jae Lee, 李恩在)
Illustration Copyright © 2009 by 서영경 (Young-kyoung Seo, 徐煐卿)
All rights reserved.
Simplified Chinese Copyright © 2019 by ZHEJIANG LITERATURE
& ART PUBLISHING HOUSE
Simplified Chinese language edition arranged with GIMM-YOUNG
PUBLISHERS, INC. through Eric Yang Agency Inc.
版权合同登记号：图字11-2014-316号

图书在版编目（CIP）数据

选错的班长 /（韩）李恩在著；薛舟，徐丽红译. —
杭州：浙江文艺出版社，2019.3（2023.6重印）
ISBN 978-7-5339-5461-1

Ⅰ.①选… Ⅱ.①李… ②薛… ③徐… Ⅲ.①儿
童小说—中篇小说—韩国—现代 Ⅳ.①I312.684

中国版本图书馆CIP数据核字(2018)第256793号

责任编辑　金荣良
封面设计　吕翡翠

选错的班长

[韩]李恩在 著　薛　舟　徐丽红 译

出版　浙江文艺出版社
地址　杭州市体育场路347号
邮编　310006
网址　www.zjwycbs.cn
经销　浙江省新华书店集团有限公司
制版　杭州天一图文制作有限公司
印刷　浙江新华印刷技术有限公司
开本　880毫米×1230毫米　1/32
字数　80千
印张　5.75
插页　2
版次　2019年3月第1版　2023年6月第5次印刷
书号　ISBN 978-7-5339-5461-1
定价　**28.00元**

勇敢地挑战

小时候，我是个胆怯而又腼腆的孩子。即使有话要说，也只是憋在心里，死也不愿意抛头露面，引人注目。无论何时何地，我总是静静地坐在角落里。老师和长辈们都对我赞不绝口，说我是个乖孩子。

我对自己的性格很不满意。新学期，当着同学们的面做自我介绍或演讲的时候，我总会面红耳赤，不知所措。这让我对自己很失望。我最羡慕班长，不管什么事他都站在最前面，早操时他的口号声震撼整个操场。我也想当班长，像他那样。这个念头常常埋在我的内心深处。

随着时间的流逝，胆怯的性格渐渐变了，朋友也多了起来，然而直到学生时代结束，我也没当过班长。我觉得自己没有过人之处，没有资格被选为班长，所以没有勇气。不过仔细想想，不一定非要学习好、人缘好才能做班长。只要愿意去发现自己的新面貌，或者具备小小的勇气，谁都可以当班长。要是能回到那个时候，我一定鼓起勇气，参加班长竞选。说不定我也能收获新鲜而喜悦的体验，像这本书里的路云。

各位读者当中，如果有谁像童年时代的我那样胆怯而腼腆，下学期一定要向班长竞选发起挑战，机会的大门永远向敲门的人敞开。

愿天下所有的孩子都变得坚强而勇敢。

李恩在

只要不是你就好

　　开学了。爸爸出门已经三天了。爸爸在建筑公司工作，这次去南海岸的某个地方修桥，每个月只能回家一两次。爸爸说要赶在夏天结束之前，全家人去趟游泳场。他还特意抽时间回家。可是，爸爸满脸疲惫地去室外游泳池玩了半天，回家后一直睡觉，然后就走了。终于见到了分别已久的爸爸，我还是很开心。

　　已经是九月了，炎热尚未消退。既然是为了躲避炎热才放暑假，那为什么不能再过一个月开学呢？别的同学怎么样我不知道，反正我是不太喜欢开学。明明每天都会发生无聊而令人疲惫的事，如果还有人想上学，那肯定是像姐姐那种智力有点儿问题的人。

"呀呼，从今天开始我就放假了！"

妈妈毫不掩饰自己的喜悦之情。我不在家，妈妈竟然这么开心！

"路云啊，送姐姐去校车停车场。"

妈妈拿着掸子在书桌上啪啪拍了几下，说道。又开始了。我可不想一大早就和姐姐并排走路。再说了，姐姐闭着眼睛也能找到去特殊学校校车停靠点的路。

"姐姐自己能找到。"

"还是你和姐姐一起去更好。反正你上学也路过那儿。别废话，快去吧。"

"哼。"

我噘起嘴巴表示不满，妈妈却不理会。她用老鹰一样火辣辣的目光看着我，我不敢逃跑。最后，我只好和姐姐一起走出家门。

"路云，不许一出家门就扔下姐姐不管！"

"我知道了，别担心。"

我心不在焉地说完，便走出了家门。姐姐风风火火地跟在后面，像每天早晨都追随到胡同口的铁锤。如果姐姐也跟到胡同尽头，然后回家就好了。

想起铁锤，我就生气。虽然已经过了半个月，可我还是不相信铁锤死了。姐姐不该独自带铁锤出门。尽管只是去小区游乐园，然而周围的公路很混乱，出入附近公寓和大型折扣店的汽车经常从那儿经过。很多孩子会突然冲出胡同，汽车急刹车也就成了家常便饭。车速并不快，因而大部分时候都没有大碍，只是铁锤例外。对于铁锤这样的小狗来说，哪怕比蜗牛更小更慢的汽车也很危险。

没有经过我的允许，姐姐擅自带铁锤出门，而妈妈对此放任不管。我恨她们。如果妈妈跟着出去，铁锤就不会因为乱跑而被汽车撞死了。想到这里，我更加气愤。

"喂，你自己能去吧？我要跑了，你自己走吧。你要是告诉妈妈，后果会怎么样，知道吧？"走到胡同口的时候，我转过头来，冷冰冰地说道。

"我不告诉妈妈。告状不好。"

姐姐怯生生地说。这种时候，姐姐简直就是个五岁的小孩子，很让人头疼，也很好对付。看到姐姐的眼神不安地闪烁，我稍微有些歉疚。如果没有铁锤的事，我可以送姐姐到停车场的。现在，我还是无法原谅姐姐。铁锤饱含怨恨的眼神清晰如昨日。那是恳求我为它复仇的眼神。当时我下定决心，永远也不会原谅害死铁锤的姐姐。

我箭一般冲出胡同，跑上大路。孩子们在路上自由穿梭，街头充满生机。我难过的心情不知不觉间消失了，取而代之的是兴奋。上学路上竟然会感到兴奋，真是奇怪。难道这学期会发生有趣的事吗？

正巧，一只黄蜻蜓在空中飞舞。

"要不要捉几只蝴蝶？"

反正我已经被认定为班里的迟到队长。隔三岔五就迟到，老师也不管我了。我经常去捉青蛙，或者拿着竹签去河底捉鱼消磨时间，然后再去上学。赶到学校的时候，第一节课已经过去一多半了。有时第一节

课结束，第二节课已经开始。

有段时间，老师唠叨得我耳朵都起茧子了，还把妈妈叫到学校，试图解决我的迟到问题。后来老师放弃了。我不是那种唠叨几句就能起作用的孩子。同学们看见我就像看到肉麻的虫子，所有的老师都用恶狠狠的目光看我。和上学相比，我更喜欢捉青蛙或者捕鱼。

"毕竟是开学第一天，还是应该准时到校。"

我耸了耸肩，昂首挺胸地走路，同时使劲摇晃鞋袋。其他同学都悄悄地避开我。鞋袋在空中旋转，发出嗡嗡声，好玩极了。

"路云！"

有人从背后猛地扑向我。原来是大光。他不假思索地扑来，被我的鞋袋打中了脸。尽管如此，他还是嘻嘻地笑个不停，也不知道什么事那么开心。这小子脾气真的很好。老师把我俩捆在一起，称我们是"饭桶"。正因为有他，我上学还能有点儿乐趣。大光不爱洗漱，穿得脏兮兮的，同学们都不喜欢他。然而对我来说，他却是我唯一的重要朋友。

我们自然而然地并肩而行，发出飞机的轰鸣声，穿过同学们中间。我们班女生的身影不时进入视野。女生们像约好了似的，一看到我们，立刻转过头去。

哼，你们以为谁会在意吗！

"南瓜们，吃我一记脑瓜崩！"

我冲女生们大喊，然后敏捷地跑开。大光大笑几声，跟了上来。

整个早晨，被我弹了脑瓜崩的女生们都怒气冲冲地瞪我。好久不见了，我一时高兴，跟她们开个玩笑，她们却这么不识抬举。我用宽广的胸怀接受了所有凶巴巴的目光。

教室里的气氛热烈而混乱。老师开始收假期作业。我没什么作业可交。

"哎呀，你这个笨蛋！我该拿你怎么办呢！"

老师连连摇头，拿教鞭朝我脑袋打了一下就走了。据说那根教鞭是老师的法宝，从处女时代一直保存到现在。老师很爱这支教鞭，还说谁碰教鞭一下是谁的荣幸。不过，同学们谁都不愿享受这份荣幸。

坐在旁边的大光也听到了和我差不多的批评，也享受了老师赐予的荣幸。真搞不懂，为什么要交假期作业，开学第一天就让人愁眉苦脸。

作业收完了，老师重新安排座位。我们站成两条长队，各自从老师事先准备好的两个坛子里拿出一张纸条。女生从红坛子里拿，男生从蓝色坛子里拿。我等着轮到自己，柏溪、再玲和娜妍站在旁边窃窃私语。不知道怎么回事，她们总是偷偷往我这边看。

"喂，你们为什么总偷看人！想跟我做同桌吗？"

听我这么说，大光嘿嘿笑了。女生们哭笑不得，不约而同地做出呕吐的动作。

"真搞笑，我们正说着呢，只要不和你做同桌就好。"

"不愿意就别做，你以为我愿意和你们做同桌吗？"

我和她们三个当中最难缠的柏溪做了同桌。我抽到了写有"傻瓜温达"的纸条，而柏溪抽到的是"平

冈公主"。傻瓜温达和平冈公主！我怎么会是傻瓜温达！不过以后还会成为优秀的将军，我也就不计较了。旁边的"平冈公主"始终哭丧着脸。大光抽到了"好童王子"，和"乐浪公主"锦珠做了同桌。锦珠也和柏溪一样，满脸的不情愿。

第一节课结束了，柏溪一句话也没说。我也一样。下课时，再玲和娜妍追过来安慰柏溪："怎么办啊！""你真可怜！"我究竟做了什么，她们凭什么这么说我？柏溪趴在课桌上哭泣，她们没有再说什么。刹那间，想和新同桌好好相处的念头消失得无影无踪。该死的丫头！突然，我很想念铁锤。这种时候吃块巧克力是再好不过的了。

"星期五我们要重新选班长，大家都想想，希望什么样的人成为我们班的班长。想竞选班长的人事先做好准备。"

准备放学的时候，老师拍着讲台说道。教室里立刻喧哗起来。接下来的四天里，整个学校都会充满竞选的话题。

孩子们两眼冒光，期待着新班长的选出。有的同学已经开始推荐自己心目中的班长候选人了，其中就有第一学期的班长帝河。

黄，帝，河。

好像他是真皇帝似的，什么事都我行我素，一心想着在老师面前表现，是个让人寒心的班长。

有的同学提议让帝河继续担任班长，简直是胡说八道。再也不要看这个家伙扬扬得意地炫耀说"我是班长"了。想想就觉得开心。要重新选班长的消息甚至让我欣喜。第一学期的班长不能参加本学期的班长竞选，这个规则我真的好喜欢。

"你希望谁做班长？"

我轻声跟柏溪搭话。不管喜不喜欢，总要在一起坐一个月，总不能永远沉默不语吧。只能我大度点儿，主动开口了。这么看来，我还真是个不错的家伙，嘿嘿。

"只要不是你就好！"

柏溪冷冰冰地说。我无语了。刚刚融化的心重新结了冰。今天我真的什么也没做。我感觉拳头在颤抖了。

"我什么时候说要竞选班长了？"

"我知道，就算参加，你以为会有人选你吗？"

柏溪若无其事地刺激我。女孩子们这样对我也不是什么新鲜事，可是从开学第一天就如此任性，我简直不能置之不理了。我没有什么耐心。

我狠狠地瞪着柏溪，然后高高抬起脚，用力踩了一下。

"啊啊啊！"

柏溪捂着脚，大声尖叫。这时，三十多双眼睛同时转向我。我面红耳赤，却不后悔自己的举动。毕竟我只是对柏溪的错误做出审判罢了。

荒唐的计划

"李路云，你叫这个名字真是可惜了。不指望你对同学们做什么好事，可你为什么偏偏做坏事呢？怎么看你都不该叫李路云，而是'海洛因'，'海洛因'！"

老师不问青红皂白，就大声训我。

"海洛因，海洛因。"

同学们的嬉笑声从四面八方传来。我抬头瞪了一眼，大家立刻转过头去。我知道已经有人这样叫我了。不过他们都害怕我报复，当着我的面还是很小心。

"你有什么资格瞪眼？赶紧向柏溪道歉。作为惩罚，今天放学后由你打扫教室。"

"是。"

我红着脸回答。同学们风风火火地走出教室。老师也收拾资料，去了教务室。大光留下来帮我。我看了一圈教室，没什么需要打扫的。椅子摆得歪歪斜斜，看起来也不别扭。垃圾桶旁边掉了三四张纸片，我懒得理会，装作没看见。不过，我还是扶起了倒在扫除箱旁边的拖把。大光摆正了几把椅子，又捡起了垃圾。

"这样应该行了吧!"

我们拿起书包往外走，走到门口却不得不停下脚步。帝河刚从卫生间出来，正笑嘻嘻地看着我。我不愿理睬，很想假装没看见，直接走过去。自以为是的家伙最没劲了! 他竟然叫住了我。

"喂，海洛因!"

"干什么?"

我攥紧拳头，猛地转过身。人若犯我，我必犯人。这是我的人生哲学。大光不安地注视着我和帝河。帝河毫不示弱，依然丑陋地笑着。

"老师不是叫你'海洛因'了吗? 其他同学都这

么叫，你不知道吗？"

"你，很想挨揍吗？"

他是唯一在我愤怒挥出的拳头面前也毫不示弱的家伙。应该是背后有老师做靠山的缘故。

"你以为我会怕吗？就算你打了我，也只会让你再次挨老师的训。你真的想这样活吗？如果我像你一样被当成笨蛋，我恐怕都没脸上学了。"

帝河似乎存心要激怒我。我紧握拳头，朝他冲了过去。这时，大光阻止了我。正在这时，隔壁班的美术老师突然出现在走廊上，我只好悄悄地放下拳头。帝河趁机吐了吐舌头，下了楼梯。

"李路云，你晃来晃去，又要做什么蠢事吗？别干没用的事，赶紧走。"

美术老师看也没看大光，狠狠地弹了弹我的脑袋。真搞不懂为什么所有的人都这样对我。

我气喘吁吁地下了楼梯。帝河不知逃到哪里了，看不见踪影。只要他落到我手里，一定要好好教训他。然而我的计划落空了。他相信老师肯定会站在他

那边，所以谁都不放在眼里。我要把他翘上天的鼻梁搡扁才行，可是思来想去，还是没想出好办法。

"开学第一天就这么倒霉！"

想到这学期和上学期没什么区别，我就备感沮丧。剩下的四年时光令我不寒而栗。不，我感觉剩下的学校生活全都皱皱巴巴，像漏气的气球。如果有铁锤在，只要我一声呼唤，它肯定会以最快的速度跑来，任由我倾吐郁闷的心情。如果总是默默倾听的铁锤还在，我可能也不会有这种想法。现在，铁锤已经不在这个世界了，我只能度过一个个无聊又绝望的日子。

"大光，退学怎么样？以前我在儿童报纸上看过，有的孩子不上学，自己在家学习。"

"喂，别做梦了。你妈妈会同意吗？"

这话说得没错。不知道爸爸会怎样，如果让妈妈教我，我宁愿背着书包上学。

我们并肩走着，摇晃着鞋袋。这样边玩边走，心情稍微轻松了些。

"路云啊，我要不要也参加班长竞选？"

大光突然说道。看他满脸调皮的样子，应该是随便说说。他经常干出荒唐的事情惹同学们发笑。

"那我要不要也参加？如果我们分别当选班长和副班长，那该多好玩。"

我开玩笑地附和了一句。大光兴奋得哈哈大笑。我也笑了。

"好，如果你当班长，我就把我的足球鞋借你穿一个月。如果我当选班长，你就把游戏机借给我。"

大光眨着眼睛说道。这个提议很有诱惑力。我早就想穿大光的足球鞋了，大光也对我的游戏机垂涎三尺。

"好，说话算数，谁都不许反悔。"

好像不会有其他候选人似的，我们做着荒唐的梦，兴致勃勃地嬉笑打闹。我们当中任何一个人成为班长，在别人看来都是不可思议的事情。不会有人选我和大光的。但是，我们有做梦的自由。

"大光啊，竞选的时候你先推荐我，然后我也推荐你。"

"好的，我们互相选对方。不要为了多一票而卑

鄙地写上自己的名字。"

"知道了，你别担心。"

发誓之后，我们各自回家。至少保证有一票了，想想心里就觉得踏实。

"妈妈，我要参加班长竞选。"

说实话，这话有一半是开玩笑。我从没想过真的要当选班长。我只想知道我能得多少票，只想昂首挺胸，站在那些看不起我的同学面前演讲罢了。妈妈的反应令我无语。

"你要竞选班长？这不是自取其辱吗？"

妈妈甚至笑出声来。她究竟把我看成什么了？！连妈妈都轻视我，别人当然更不把我放在眼里。

"是的，我要参加。班长有什么了不起？难道法律规定像我这样的孩子不能参加竞选吗？"

我气得大叫大嚷。旁边的姐姐转过头去。

"我们班也有班长，明灿班长。"

"什么？傻瓜班长？对啊，傻瓜聚会的班级，傻瓜班长最合适了。"

我像故意说给妈妈听似的冷嘲热讽，然后回到房间，使劲关上房门。外面又传来姐姐的声音。

"路云，你去竞选班长吧。我选你。"

嗤，我不由得冷笑。这种时候，姐姐真的好傻。不过姐姐站在我这边，我也不讨厌。

我拿出深藏在书桌抽屉里的巧克力，咯吱咯吱地大嚼起来。吃着巧克力，郁闷的心情奇迹般地好转了。因为妈妈而产生的愤怒，因为老师而产生的难过心情都有所缓解。不管妈妈怎么批评，我还是不得不吃巧克力。如果没有巧克力，我的心脏说不定已经爆炸了。

巧克力的香味溢满嘴巴，我久久地嚼啊嚼啊。

愤怒的挑战

被妈妈说得泄了气，我立刻对竞选班长失去了兴趣。第二天，我决定不参加班长竞选了。一大早，大光就不让人省心，导致事情朝着离谱的方向发展。

"路云，你真的要竞选班长吗?"

帝河嘲讽地笑了。

"你不会是吃错药了吧?"

"气包子"娜妍捧腹大笑。

"随他去吧，参加竞选是他的自由! 大光说他也要参加，不知道他们能得几票，我们拭目以待吧。"

柏溪交叉着胳膊，冷嘲热讽。可恶的丫头，真该再踩她一脚。

"喂，赵柏溪！我不会求你投我的票，你不用担心。"

我没踩她的脚，而是推倒了她放在课桌上的笔筒。伴随着刺耳的声音，笔具哗啦啦掉落在地。柏溪面红耳赤，狠狠地瞪我。

"怎么了？瞪我干什么？你要是觉得委屈，找老师告状去啊。我一点儿也不怕。"

我流里流气地摇着头，故意气她。柏溪像犀牛似的气喘吁吁，捡起掉在地上的东西，然后把椅子推得远远的，轻轻转身坐下了。这意味着她暂时不想理我。随你的便吧。

整整一天，我要竞选班长的消息把教室里搞得异常喧闹。有的同学打赌我会不会得到零票。有的同学笑着说，要为我的勇气鼓掌。老师倒没有露骨地嘲笑我，不过也摇头苦笑。美术老师好像也听说了，在走廊上叫住我。

"李路云，听说你要竞选班长？很好。以前你总是折磨老师和同学，看来现在想通了。即使落选，也要抱着做班长的心态为班级服务，知道吗？"

美术老师似乎已经断定我会落选。我的心情很糟糕，没有回答。

"哎哟，这小子离会做人还远着呢，竟然不回答老师。"

脸上还清晰地保留着粉刺痕迹的老师拍了下我的后脑勺。我低着头，瞪了老师一眼，转过身去。背后传来咂舌的声音。人们真的

很奇怪。明明是她先惹恼了我，我做出反应，她却把我说成坏孩子。

　　班里的同学也是一样。一见到我，不是讽刺就是嘲笑。感觉我总是处于大家的监视之下。也不知道从什么时候开始这么关心我，哪怕我有一点点风吹草动，大家的视线都会集体投向我。

　　"连除法都不会算，还想当班长？"

　　"配餐时插队的家伙，当什么班长？"

　　"今天他又是只吃了自己喜欢的菜，剩下的都倒掉了。我绝对不会选路云这样的同学。"

班长，班长，班长。

整整一天，这个词我听了上千遍。每个人都把我当成不知天高地厚的混账小子，用不可思议的目光看我，弄得我苦恼不已。大光参加竞选也算是大新闻了，却被我的消息淹没，没能引起关注。大光似乎很失落。他大概不知道，我一点儿也不喜欢这样的关注。

事情发展到这个地步，我不由得生出几分斗志。准确地说那不是斗志，倒更像是愤怒。"你绝对不行！"这样的目光越来越让我怒火中烧。这时，柏溪适时地点燃了我的火焰。

"李路云，如果你能超过五票，我就做你的女朋友一星期。"

"只要五票吗？你以为我连五票都得不到！虽然我不需要你这样的女朋友，不过是你先说出来的，以后不要废话。"

我讨厌被人蔑视，所以故意口出狂言。柏溪嘻嘻笑了，做梦也不相信我能超过五票的样子。除了大光一票，我还要得到四票，给柏溪和其他同学一个教训。

"哼，等着瞧。无论如何，我一定会得到五票。"

我暗下决心。虽然一时想不出怎样才能得到选票，但是我用剩下的时间动脑筋，说不定也能想出办法。不过，我没有信心。

那天傍晚，我瞒着妈妈给爸爸打了电话。妈妈对我参加竞选还是不太支持。如果姐姐说要竞选班长，妈妈也未必是这个态度。我很伤心。

听说我要竞选班长，爸爸沉默了。爸爸的想法肯定和妈妈差不多。我很沮丧，情不自禁地叹了口气。爸爸似乎察觉到了我的心思，干咳几声，赶紧说道：

"路云，爸爸支持你。不管结果怎么样，挑战毕竟是很酷的事情！"

听到这句话，我稍微振作了些。到底还是爸爸了解我。

"可是，我不知道怎样得到选票。"

"只要表达出你的真心就行了。让同学们看到你努力为班级奉献和牺牲的决心。"

"奉献，牺牲？"

这些怎么看都不适合我。

我和爸爸又聊了几句，挂断了电话。我以为爸爸会告诉我派得上用场的方法，结果却让我的脑子更乱了。

"路云，你是班长吗？路云，你当班长吧。"

姐姐根本不知道我的心思，整个晚上一直跟着我，张口闭口说什么班长。

"走开，你以为我不想当班长吗？要被选上才能当啊。"

"我选你，路云班长。"

也不知道姐姐是怎么了，那么高兴，笑得合不拢嘴。我也哈哈大笑。跟傻瓜姐姐争吵也没用，只会让自己更郁闷。妈妈在厨房，偷偷地转头看我，大概是监视我会不会做伤害姐姐的事。妈妈心里只有姐姐。

姐姐和我是双胞胎，相隔十分钟出生。我天生就是罕见的优生儿，姐姐却是未成熟胎儿，还是四肢有点儿问题的残疾儿童。医院方面说，姐姐能坚持十个月，最终幸存下来，已经是奇迹了。这是对爸爸妈妈的安慰，他们不得不养育智力低下，四肢也不健全的女儿。

妈妈对奇迹般幸存下来的姐姐极度爱护。我从小就备受冷落，而姐姐独占了妈妈的爱。

"路莉姐姐身体不好，什么事情都要让着姐姐，好好对她。"

直到现在，爸爸妈妈仍然反复说这句话，听得我耳朵都起茧子了。起先我也觉得理所当然应该这样。我觉得自己应该成为对姐姐有利的弟弟。可是现在，我不这样想了。妈妈认为，不管姐姐想要什么，都应该得到满足。我对这样的妈妈忍无可忍。只要我稍微做了什么不利于姐姐的事，妈妈立刻对我破口大骂，甚至说我是"臭小子""混账东西""狠心的家伙"。我把姐姐推到刺玫瑰缠绕的墙角，姐姐手上扎了几个玫瑰刺的时候，妈妈竟然说我是"魔鬼"。

一切都是因为姐姐。我得不到妈妈的爱，铁锤的

死也是因为姐姐。别的可以不管，铁锤的事我绝对不会原谅姐姐。那是我二年级的时候，爸爸从外地回来，把铁锤送给我做礼物。一开始，铁锤就像依恋妈妈似的紧跟着我。只要有铁锤，就好像爸爸在我身边似的，感觉不到孤独。然而现在都结束了。

因为姐姐，什么事都不顺利，所以我真的很讨厌她。

"路云当班长吧。"

姐姐笑嘻嘻地重复，看我瞪她，这才缩着肩膀走开了。同时，妈妈恶狠狠的目光飞向我。哪怕只是做给妈妈看，我也非要参加班长竞选，而且一定要得到五票以上不可。

第二天，我在学校里遇到大光。大光看上去很悠闲。

"我没有信心。什么班长不班长的，不当就不当呗。"

大光似乎放下了包袱。

"男子汉大丈夫，既然下定决心，就要坚持到底。我们一起研究，寻找增加选票的办法吧。"

我说服大光，一起制定竞选战略。第一学期，有些同学给大家分发文具，或者请大家吃炒年糕。我们不想这样，再说也没钱，更不好意思这样做。真要这样做，那我只能向妈妈求助了。我和大光都很难得到妈妈的帮助。我们的妈妈没有宽容到积极支持我们去进行这种不可思议的挑战。

怎么办呢？我们有空就凑到一起，却没能找到好办法。看来我们的确是饭桶。

"没办法啊！我们尽量想办法，实在不行，那就重在参与吧。"

大光点头同意我的说法。

我使劲戳了戳站在配餐室门前的敏浩。腼腆斯文的敏浩转头看见是我，吓了一跳。他大概害怕我又要搞恶作剧。

"喂，竞选的时候你选我。如果你不选我，我就把你喜欢彩英的事说出去。"

我贴在敏浩耳边说。敏浩的脸立刻红到了耳朵根。

"知……知道了。我会选你的，你不要说出去。"

万岁！我开心得差点儿大叫起来。这个办法竟然很有效。利用下课时间，我又找来几名好欺负的同学，采取类似的方法展开拉票活动。胆小鬼东裴，听说如果不选我，以后每天都在走廊上绊他，他就答应给我投票了。胖墩美娜听我说不再叫她河马，立刻咧开嘴笑了，表示一定选我。

坦率地说，我没有信心兑现自己的承诺。东裴被我绊倒，像女孩子似的哭哭啼啼；当我张大嘴巴追在后面叫"河河河河河马"的时候，美娜满脸哭相。看到他们的狼狈样，我有多么开心啊！可是为了提高票数，我不得不说些言不由衷的话。大光从早到晚笑嘻嘻地跟在同学身后苦苦哀求："选我吧，选我吧。"那样子就像乞丐在讨饭，我忍不住笑了。

打扫卫生的时候，我继续开展拉票活动。

"彩英啊，如果你选我，我就告诉你个秘密，保

证吓你一跳。"

我走到正在拖地的彩英身旁，小声说道。

"别说了，我对秘密没什么兴趣，你去找别人吧。"

彩英一阵风似的走了。这回我改变目标，追上了手拿垃圾桶的敏赫。

"敏赫，给我吧，我去倒垃圾。不过竞选的时候你要投我的票。"

"是吗？我考虑一下。"

敏赫做出沉思状，摇了摇头。看他的眼神，恐怕不会选我，不过也说不定。我还是帮他倒掉了垃圾。

为了拉票，我在扫除时间四处奔波。后来同学们都不耐烦了。凭我的性格，我真想挥起拳头，可是在竞选之前我必须忍耐。通过悄悄进行的拉票活动，我至少可以得到四票。再算上大光的一票，正好五票。现在我不用担心丢人了。一想到我要四处张扬说柏溪是我的女朋友，让她苦不堪言，我就开心极了。只要得到五票，妈妈也会后悔嘲笑我。

包括柏溪在内，三四名女生和五六名男生表达了参加班长竞选的意愿。候选人在铅笔、橡皮上写下自己的名字分发，或者对同学无比亲切，展开各自的拉票活动。也有同学动员自己的妈妈上阵。柏溪的妈妈亲手做了比萨，按照人数分给我们班的所有人。敏赫的妈妈给我们班换了新的挂钟和花盆，还买了茶壶和杯子。娜妍还动员起了爸爸，为班里所有同学买了长长的冰激凌。

"拉票时不能使用物质手段……"

老师很为难，可是看到敏赫妈妈买来的茶壶和杯子也很开心。我和大光越发不安了。我们高呼，让父母参与竞选是不公平的，然而没有人听我们说。大家都忙着拉选票，剩下的两天转眼就过去了。

班长竞选

"铁锤啊,你好吗?想不想哥哥啊?"

竞选那天早晨,出门之前,我看着和铁锤的合影自言自语。望着伸出红舌头的铁锤,泪水又在眼圈里打转。直到现在,我依然感觉走进院子,铁锤就会摇着尾巴扑过来,可是那里只剩下没有主人的狗窝了。妈妈愤怒地让我拆掉狗窝,但是我不能。我害怕我和铁锤之间的回忆会永远消失。

"我,今天要参加班长竞选了。你要帮我,让我得到五票就行。"

我把照片在脸上蹭了几下,放回抽屉,走出房间。姐姐背着书包，站在玄关前。肯定是妈妈又让我和她一起出门。

"路云，你是班长吗？"

还是这句话。

"我，不是班长。"

我不耐烦地喊道。妈妈瞪了我一眼。我没理妈妈，径直来到院子。

"路云，你当班长吧，我选你。"

"多嘴，谁说我想当班长了？"

我气呼呼地吼道，然后径直走出大门。妈妈喊了句什么，我也没有回头。也许是竞选让人变得神经敏感，好像所有的事情都令人烦躁。我也有点儿后悔，不该惹是生非。现在，我不能放弃竞选。如果我不参加竞选，所有的人都会对我议论纷纷。

"竞选演说的时候说什么呢？"

上学路上，我一直都在思考这个问题。柏溪好像早就写好了演说内容，正在背诵。我也该说点儿什么才行，可是我实在想不出合适的内容。我想去江边草丛里翻找，后来也没去。如果竞选当天迟到，别人会以为我故意回避对我不利的场合。我不想这样。我没有那么胆怯。这时，我才想起这学期我还一次也没迟到过呢，太惊人了。

第一节课就开始竞选班长。首先是推荐候选人。最先被列入候选人的是柏溪，接下来娜妍、敏赫、利彬、正奎相继得到推荐。我被大光推荐为第六号候选人，大光在我的推荐下成为第七号。我们后面还有两人得到推荐，总共产生九名候选人。全班三十二人，几乎三分之一成为候选人。班长算什么，大家为什么都这么想当呢？

如果按人数分票的话，我恐怕连五票都得不到，不由得暗暗担心。即使我本该落选，只得一两票也有点儿丢人。第一学期在班长竞选中只得一票的多云也被我嘲笑了好几天。如果不想遭到同样的厄运，我必须千方百计拉更多的选票。

我看了一眼答应给我投票的同学们。他们个个面无表情。我很担心。虽说他们信誓旦旦，可是不选我，我也没有办法。

"应该让他们更加坚定地承诺才对……"

其他候选人演讲的时候，我一直在想这件事。直到四号候选人利彬演讲了，我才猛然惊醒，开始考虑演讲内容。除了爸爸在电话里说的"奉献，牺牲"，我一个单词也想不出来。如果我重复别人都说过的话，那就没劲了。我气喘吁吁，努力清理眩晕的脑子。这时，我听见老师的声音：

"下一位候选人，李路云！"

教室里爆发出哄堂大笑。我很生气，还是强忍着大步走到前面。站在讲台前，感觉同学们的面孔非常陌生。帝河在窗边，凶巴巴地笑着，好像是等着看我的笑话。这家伙，每次看到他，我就心情不好。

"好的，等着瞧。我也不会丢人现眼的！"

我下定决心。这种时候，如果能像电视上的那些主持人，说些令人着迷的风趣话，那该有多好啊。为什么我没有能派上用场的优点呢。不管怎样，我还是得说点儿什么。教室里那么多双眼睛在看我。我两腿发抖，眼前漆黑。哎呀，不管了。

"大家好，我是李路云。"

我响亮地做了自我介绍。同学们再次哄堂大笑。

"谁不知道啊？"

坐在面前的正奎小声嘀咕。我真想揍他一顿！

"如果你们选我当班长，我愿意为你们做仆人。我要像仆人一样，你们让我做什么我就做什么，无论何时何地，我都会帮助你们。需要仆人的同学，一定要选我，拜托了。"

同学们的笑声更响亮了。有的同学甚至拍起了桌子。

"啊，真的，我不是说谎，相信我！如果你们不愿选我当班长，副班长也可以。"

我的声音比刚才更大了。我在腹部用力，紧张的心情也消失了。老师连连摇头，忍俊不禁。真是的，我的演讲有那么奇怪吗？好像所有的人都把我当成笑话，这让我很难过。不过这似乎不是很糟糕。其他候选人没有谁像我这样让同学们尽情大笑。

我深深弯腰，鞠了一躬，挠着后脑勺回到座位。同学们依然念叨着"仆人、仆人"，笑个不停。

接下来演讲的大光一反常态，满脸通红，结结巴巴，不知所措。回到座位以后，他像生气了似的嘴巴紧闭，低垂着头。

最后一名候选人的演讲结束了，开始投票。教室里充满窃窃私语声，同学们都在讨论该选谁。我仔细听同学们的讨论，一旦目光与人相遇，马上流露出恳求的眼神。同学们大都回避我的视线，只有在我演讲时笑声最大的奎利和镇石调皮地点了点头。这个瞬间，我看到了希望。

"我弃权。所有的人都没达到标准，没有可选的人。"

帝河自言自语，好像是故意说给我听。我猛地转过头，瞪了他一眼。

"那也不用弃权啊，随便选一个就是了。"

说话的是锦珠，一副谁当班长都无所谓的样子。既然如此，说不定她会按照约定选我。希望更大了！

窃窃私语声渐渐平息，同学们小心翼翼地在纸上写好名字，生怕被人看到，然后塞进投票箱。我用左臂挡着纸条，暗自思忖：

"为了多得一票，我得写自己的名字。"

我想起了和大光的约定。大光依然满脸抑郁，似乎不满意自己的演讲。虽然我成了别人的笑料，可是我毕竟说出了自己想说的话，心里很爽快，没有遗憾了。

我突然感觉大光可怜，于是在纸上写了大大的"刘大光"，然后把纸条塞进投票箱。心情一下子轻松了。

投票结束，接着是唱票。老师念名字，上学期的班长帝河在候选人姓名旁边画竖线。我紧张地听着老师的声音。同学们也都屏住呼吸。班长和副班长肯定会选敏赫、正奎、柏溪这种学习好、朋友多的同学。我只想得五票以上，在妈妈和同学们面前理直气壮地炫耀自己的失败。

"赵柏溪！"

"金敏赫！"

"赵柏溪！"

老师念完第三票的时候，柏溪笑容满面。只得两票，就沾沾自喜了。我在书桌下面双手合十，暗暗祈祷。如果老师念到我的名字，我恐怕会跳起舞来。就在这时：

"李路云！"

老师好像看穿了我的心事，竟然真的念出了我的名字。我差点儿急得站起来扭屁股了。大光转头看我，嘻嘻笑了。显然，他也如约写了我的名字。果然是讲义气的朋友。

不可思议的事情发生了。我名字下边的线越来越多。当期待已久的五票凑齐的时候，我把头转向旁边。柏溪满脸慌张！嘿嘿嘿。从现在开始的一周时间里，你是我的女朋友。看到我的目光，柏溪差点儿哭了。事情还没结束呢。五票满了，转眼到了七票。我和柏溪的票数相同，我俩得票最多。天啊，怎么会这样！我简直不敢相信自己的眼睛。柏溪也眨了好几次眼，数了又数，刚才沮丧的脸上更紧张了。其他候选人分别得了三四票，大光只得一票，有些遗憾。还有一张弃权票，显然是帝河那小子干的好事。现在，只剩一张票了。

老师紧张地看着最后一票。突然间，老师的脸上僵住了。会是谁的名字呢？同学们屏住呼吸，拭目以待。

"嗯……这有点儿……李路云。"

哇！我目瞪口呆，做梦都没想到会是这样的结果。我是班长，柏溪是副班长。我掐了一下大腿，掐了自己的脸，不是梦！

"嗯，最后一票有点儿奇怪。路云的名字旁边画了括号，里面写着'海洛因'，是不是应该算无效呢？"

老师皱着眉头，拿起选票给同学们看，似乎很希望这张选票无效。我得到了预想的五张票，已经无所谓了，不过还是有点儿失落。这时，大光笑嘻嘻地说：

"路云的名字清清楚楚地写在上面，不能算无效。"

也不知道大光哪儿来的勇气，像讲自己的事情似

李路云
赵柏溪

的，大声说道。演讲的时候也这样就好了。几名同学点头。也有人反对。正如大光所说，我的名字并没有写错，所以反对无效。老师很为难，犹豫片刻，最后决定承认这张选票有效。

"唱票结束，大家都看到了，获得八票的路云当选班长，获得七票的柏溪当选副班长。"

说到这里，老师向上扶了扶眼镜，又看了看画在黑板上的竖线，担忧地说：

"要想让我们班发展得好，班长和副班长应该好好领导其他同学，同学们也要服从。大家都要认可投票结果，在自己的岗位上力求做到最好。"

"是。"

同学们异口同声地回答。不同于帝河当选班长的时候，声音有些无力。我也同样有气无力。我没想过当班长。从现在开始，我该怎么办呢？绞尽脑汁也想不出好办法。只觉得头晕目眩，胸口发闷。我又想吃巧克力了。

选错的班长

"李路云，你撒这样的谎，又想干什么？"

我说自己当选班长的时候，妈妈狠狠地瞪我。

"真的，真的，我被选为班长了。"

"怎么可能……不会有什么问题吧？"

妈妈停下正在洗碗的手，转头看我。我得意地扬起下巴，回答道：

"妈妈以为我一票都得不到吧？我的人缘可没妈妈想的那么糟。"

"路云你是班长吗？路云班长，祝贺你！"

姐姐正用彩纸歪歪扭扭地剪着鱼形，突然站起来

路云班长

跑向我，目光中充满了敬意。看来她把班长当成总统了。整个晚上，姐姐一直跟在我屁股后面，叫我"路云班长，路云班长"。

"路云班长，帮我教训坏孩子，咬他们，给我打超市在天。"说到"超市在天"的时候，姐姐的声音格外有劲。在天是小区门口超市那家的儿子，比我低一年级，每次见到姐姐都极尽捉弄之能事，爸爸妈妈也恨得咬牙切齿。有一次，他还扔石头砸伤了姐姐的额头，直到现在姐姐的右眉上方还留有长长的疤痕。当时妈妈和超市阿姨大吵一架，从那以后再也不去他们家买东西了。不过，我还是经常去那儿买巧克力，因为我懒得去更远的地方。每次我去的时候，阿姨都表现得不大情愿，倒是也没多说什么。

"你以为我是警察吗？"

我冲姐姐吼了一声，然后走进院子。

"在天这小子又欺负姐姐了吗？"

我蹲在铁锤的狗窝前，陷入沉思。姐姐是否被人捉弄，我都置若罔闻，然而不知道为什么，这次我很在意。"给我打超市在天"，姐姐说这话的时候，双眼不安地闪烁，这让我耿耿于怀。

"哎呀，姐姐有妈妈保护呢。"

我自言自语，来到门外。我自己的事情已经很头疼了。早知道当班长这么头疼，这么操心，我真不该参加竞选，简直是没事找事。我追悔莫及。

"明天逃学算了？"

这个想法不错。只要不去上学，明天就可以躲开头疼的事。我在江边转来转去，想出逃学的办法之后回家。我的方法是早晨自然而然地背着书包出门，在市内转一圈，等到放学再回家。

这个计划彻底落空了。

"路云啊，明天早晨妈妈和你一起去学校。如果你真的当选班长，我要向老师道谢，也拜托老师多帮助你，让你把班长的工作做好。"

吃晚饭的时候，妈妈说道。她似乎还在怀疑我说谎。也许是这个缘故，妈妈不让我把这个特大新闻告诉爸爸。

"你不相信我吗？我在妈妈眼里到底算什么？姐姐那么笨，妈妈却对她深信不疑，为什么偏偏不相信我的话？你现在就给我们班同学打电话不就知道了吗？"

我太气愤了，大声叫喊。吃饭也没了胃口。妈妈盯着我看了一会儿，放下勺子。

"谁说不相信了？我是想问问你怎么当上的班长。再说妈妈要向老师道谢，这样老师和同学才能配合你，不是吗？"

我无言以对。妈妈没再说什么。姐姐嘴里叼着勺子，轮流看着我和妈妈，一脸的惊恐。

第二天早晨，我们三个一起出门。妈妈和我把姐姐送上校车，就去了学校。逃学计划泡汤，我的心情不太好。妈妈先去教务室见过老师，然后来到教室。

"同学们，谢谢你们选我家路云当班长。如果你们帮忙，路云也会做得很好的。请多多关照。"

妈妈做出我从未见过的和善表情，声音也很亲切。有点儿尴尬，我还是耸了耸肩，心情很愉快。我以为妈妈只爱姐姐呢……

"大家选错了。"

说话的是帝河。他面无表情，冷冰冰地说道。

"你说什么？什么意思？"

妈妈瞪大了眼睛。

"路云这样的同学怎么可能成为我们班的班长？

候选人太多，分来分去，就成了这样。几个脑子不正常的同学投了路云的票，于是他就当选了。"

帝河像个法官，一字一顿地说道。妈妈的脸瞬间变得扭曲。我的拳头瑟瑟发抖，心跳加速。我再也忍不住了。

"喂，黄帝河！你刚才说什么？"

我真想立刻冲上前去，扇他一记耳光。妈妈使劲抓住我的胳膊，用眼神制止了我。妈妈重重地吸了口气，盯着帝河说：

"是吗？那怎么办呢？你希望再选一次吗？说说你们的想法吧。"

同学们望着面红耳赤的妈妈，不敢回答。帝河小子，你死定了。我希望妈妈狠狠地打帝河的后背。

"帝河呀，竞选的时候你也选了路云吗？"

妈妈盯着帝河，问道。帝河没有说话。

"你不能因为自己没选路云就胡说八道。那些选路云的同学，他们的票也同样珍贵，不是吗？虽然只得了几票，可路云的确是因为得票最多才当选的啊。"

妈妈努力保持镇静，不过我能看出她很生气。我盯着帝河，静静地站着。帝河转过头，嘴巴紧闭。妈妈拉着我来到走廊。

"妈妈难堪死了。其他孩子当了班长，妈妈都昂首挺胸，得意扬扬，谁像妈妈这么狼狈！"

"……"

"路云啊，你真的要当班长吗？现在放弃行不行？老师好像也不愿意让你当班长，同学们也是这种态度。"

"我不要。我是名正言顺当选的，凭什么要放弃？我也要试一次。"

我心生傲气，大声吼道。妈妈叹了口气，盯着我的脸看了会儿，转身走了。望着妈妈肩膀低垂的背影，我的心情很沉重。走进教室，我就把偷偷藏在书包里的巧克力塞进口中，大嚼起来。

第一节课，老师把我和柏溪叫到前面。

"路云啊，拜托你，千万不要把我们四年级五班这艘船引到山上。"

老师递给我任命状，说道。同学们又哄堂大笑。我难为情地笑了笑，算是回答。柏溪也接受了任命状。

"柏溪要多帮助路云，让他顺利开展工作。"

"是。"

柏溪瞥了我一眼，回答道。我的心情怪怪的。听老师的语气，似乎更相信柏溪，而不是我这个班长。不仅如此，老师还对班长的责任和权力做了很多规定，明显和第一学期不同。尤其强调班长不是了不起的乌纱帽，而是要成为同学们的榜样。老师还提到了班长助手的事。

"第一学期的班长帝河同学，今后要担任班长助手。帝河要充分利用第一学期积累的经验，多帮助路云。如果路云有什么错误，你要严肃指出，帮他改正。"

"是，老师。"

帝河毕恭毕敬地回答。这家伙在老师面前无比规矩和斯文。真恶心。早晨如果老师在场，他绝对不会

表现得那么没教养。

班长助手！太不可思议了。从来没听说过还有这种事。显然，老师也认为我是选错的班长。帮助班长，严肃指出错误，帮我改正，这意味着他处在比我更高的位置。我成了傀儡，真正的班长是帝河，不是吗？

更严重的是大部分同学都不承认我这个班长。除了几名同学之外，其他同学只要和我目光相遇，就露出嘲笑的神情。每当这时，我都忍不住怒火中烧。

"路云啊，加油，别人怎样我不管，反正我喜欢你当班长。真搞不懂，他们为什么都觉得班长只能是帝河这样的家伙。对吧？"

课间，大光拍着我的肩膀说。真不愧是我的死党。不过，大光的话也没能让我混乱的脑子平静下来。我在混乱和郁闷中度过了当班长的第一天。

四年级五班的仆人

周末，爸爸特意抽时间回家。听说我当上了班长，他非常开心。

"每个人都有机会，我们路云终于赢得了从朋友那里赚好评的机会。恭喜你！"

我闷闷不乐地说：

"没那么容易。"

"没什么难的，只要改变以前的做法，你就会成功。"

爸爸隐隐地挖苦我。奇怪的是，我的心情还不错。这是爸爸的怪异才华。爸爸说要赋予我力量，同时弯腰站立，抓住我的肩膀大喊"哈，哈"，还给了我很多零花钱。全家人一起外出就餐。妈妈带我们去了以香草蒸排骨著称的餐厅，那是我最喜欢的食物。原来只有家人过生日才来这里，今天是怎么回事呢！哈哈。妈妈表面上不动声色，心里也喜欢我当班长。在饭店里，姐姐缠着爸爸也赋予她力量，于是爸爸在众目睽睽之下大喊了几声"哈，哈"。

星期天下午，爸爸要返回工作现场。离开家门的时候，爸爸让我陪他去坐车的地方。我默默地跟在爸爸身后。上车之前，爸爸紧紧抱住我，久久不肯放开。突如其来的感情流露让我多少有些吃惊，脸埋在爸爸宽阔的怀抱里，我的心情变得轻松，嘴角绽开笑容。我真的好喜欢爸爸，更为不能和爸爸在一起而难过。

"路云啊，爸爸相信你。你一定能造福大家。加油，做个出色的班长。"

爸爸拍着我的后背说道。我感觉鼻尖酸酸的。我真的能成为造福大家的人吗？不论在家，还是在学

校，我都是捣蛋鬼，整天闯祸。我很想问问爸爸是不是真的这样想，却又没能说出口。看到爸爸深邃的目光，我立刻就知道爸爸的话是发自内心的。不知为什么，我很愧疚。这种时候还能说什么？我正犹豫不决，爸爸又使劲拥抱我，然后上了车。

我久久地望着远去的汽车。现在我就开始想念爸爸了，还有铁锤……

星期一早晨，同学们开始流露出不满情绪。晨读时间，班长要维持教室秩序，把不认真读书的同学名字写在黑板上。满教室走来走去监督别人，这种事不适合我，还是第一学期我的名字被写在黑板上的时候更舒服。想起爸爸看我的目光，我千方百计鼓起勇气，可是改变自己没那么容易。

"喂，赵柏溪！你来吧。你说过要做我女朋友一周吧？不用做女朋友了，你替我工作吧。"

我用命令的语气说，然后扑通坐回座位。柏溪气急败坏地瞪我。我们坐在座位上展开心理战，教室里乱作一团。读书的同学不到一半，大部分在聊天或者趴在课桌上睡觉。敏赫和正奎在教室后面大喊大叫着玩斗鸡。几名同学跟着出去，为他们俩助威。

"大家都安静，现在是读书时间。"

说话的是帝河。他猛地站起来，洪亮的声音响彻教室，仿佛在给我做示范，"班长就应该这个样子"。同学们撇着嘴，迅速坐回去读书。教室后面的同学也相继回到座位。教室里瞬间安静下来。帝河冲我笑了笑，挺起肩膀，坐了回去。那一刻，我的自尊心跌落到了深渊。在老师到来之前，教室恢复了宁静。这也算不幸中的万幸了。

问题接踵而来。下课时班长也要监督同学，不让他们在走廊上乱跑或者搞恶作剧，或者在教室里大吵大闹。帮老师跑腿的工作几乎都由柏溪做了，我不用管。记得第一学期老师都交给帝河去做，我有点儿不快。这些讨厌的事情不用我做，倒是也让我开心。

课间不能玩儿，观察其他同学，真的很痛苦。只有第一节下课的时候，我在走廊上巡逻，从第二节课

间开始，我就什么都不管了。永镇在走廊上把彩英绊倒，发生了小小的骚动，我只是背着手看热闹。我不想劝架，甚至想像永镇那样搞恶作剧。膝盖破了皮的彩英抬起头，朝着永镇冲了上去。永镇吐着舌头逃跑了，彩英放声大哭。

"喂，班长！你倒是管管啊！"

柏溪戳了戳我的腰，说道。我站着不动，只是眨眼睛。柏溪瞪了我一眼，带着彩英去了保健室。骚动暂告一段落。女孩子们都像和柏溪约好了似的斜着眼睛瞪我，我的脸上火辣辣的。

配餐时间，我和副班长要监督同学们按顺序排队，还要检查同学们有没有吃光盘子里的饭菜。这些事本来应该由配餐员负责，然而老师说第一周由班长和副班长来做。啊，讨厌的事情太多了。

"喂，副班长！我肚子饿了，我要快点儿吃饭，你自己做配餐员吧。"

说完，我就到大光后面排队了。柏溪面红耳赤地看着我。正好老师在角落里和其他老师聊天，没有看见我们。

我没理会柏溪，闻着厨房里飘出的炒肉香味，我不停地抽动鼻子。既然她亲口说要做我的"女朋友"，至少在一周时间里，不管我怎样做，她都无话可说。

"路云啊，你……怎么可以这样？"

大光面露担忧。

"没关系，四年级了，大家都会自己看着办的。我又不是咱们班的仆人，为什么要整天照顾大家？"

"你……竞选的时候不是说要做仆人吗？"

大光轻轻地瞪了我一眼，笑着说。

"竞选时说的话，哪有算数的啊？总统和国会议员的竞选承诺，也几乎从不兑现。"

"那倒也是。"

我们相视而笑。突然，我感觉后脑勺热乎乎的，回头一看，帝河虎视眈眈地看着我。我们的话他好像都听到了。随他去吧，我假装没看见他，转过头来。

柏溪气喘吁吁地完成了配餐员的工作。指责某同学的泡菜没有吃完，揪出插队的同学，让他站到最后面重新排队。很好，很好，我连连点头，拿着餐盘和大光并排坐下吃饭。

"喂，班长！帮我把豆腐吃了。"

永镇递过来自己的餐盘，说道。我把炒肉使劲塞进嘴里，看了看永镇。

"你不是说要做我们班的仆人吗？我就是为了把你当仆人使唤才选你的。你赶紧兑现承诺吧。"

永镇把餐盘推到我眼前。我哭笑不得。我急忙嚼碎炒肉咽下去，大声咆哮：

"喂，你以为我是食物垃圾处理员吗？你不喜欢吃的东西，为什么要给我吃？我不想做你这种混账的仆人，拿起你的餐盘滚蛋。"

"你这个骗子！"

永镇抛下这句话，拿着餐盘走了。我起身想要跟上去，大光抓住我的手。

"路云啊，你以后打算怎么办？仔细一想，我没当上班长真是谢天谢地。"

大光连连摇头，抚摸着胸口。

"不用担心，车到山前必有路。"

我故作泰然，一笑而过。饭菜突然没了味道，吃不下去了。我把剩下的食物直接倒进剩饭桶。因为剩饭而被柏溪指责的正奎看在眼里，冷笑着说：

"喂，赵柏溪！你看见了吧？班长那小子也随便扔饭菜，你为什么只对我吹毛求疵？"

柏溪有些不知所措，幽怨地看了看我，没有说话。正奎趁机大步走过去，把剩下的饭菜倒进了剩饭桶。另外几个观察形势的男生也不失时机地急忙起身，朝着剩饭桶跑去。东裴和敏赫撞在一起，餐盘掉落在地，发出刺耳的响声，汤水四溅。柏溪恰好站在旁边，洁白的袜子瞬间被黄色的酱汤覆盖了。

"哎呀，怎么搞的？"

柏溪蹲在地上，放声大哭，仿佛忍耐已久的愤怒终于爆发出来。老师随后赶来，我莫名地感到心虚，想要偷偷溜出配餐室，于是拉起大光的胳膊。没走几步，我就被拦住了。

"李路云，你去哪儿？"

老师瞪大眼睛，恶狠狠地吼道。比起打翻餐盘的东裴和敏赫，老师对我的批评更为严厉。配餐室里还有很多其他班的同学，老师根本不顾及我的面子。如果老师无比珍爱的教鞭在场，我可能会享受到从未有过的巨大荣光。

"班长，在全校学生共用的配餐室里，怎么可以发生这种状况！以后再有这种事，我一定要重罚。"

"是。"

我的声音低得像蚊子。老师让我和东裴、敏赫一起把地板擦干净。我气喘吁吁地拿拖把擦地，同学们皱着眉头从我身边经过。溅了汤水的墙壁也要擦干净，直到午休时间结束，我也没能去操场玩儿。

啊，班长这个东西，我真做不来。

踉踉跄跄，一天总算过去了，感觉漫长得像一年。回到家里，妈妈刨根问底，然而我无话可说。

相似的日子又过了两天。每天上学我的胸口都像压着石头。爸爸说我会造福所有人，看来有点儿困难。我对不起爸爸。

老师每天都发牢骚，说我没有班长的样子。我也想做好班长工作，只是力不从心。帝河当班长的时候同学们都很听话，可是大家对我说的话常常嗤之以鼻。我说："安静！"他们会反驳："需要安静的是你！"我无言以对。第一学期我的情况比他们严重得多。

星期四早晨，晨读时间，开始和往常差不多。我像平时那样不动声色地把工作交给柏溪，自己翻开漫画书。教室里像吵闹的集市。

"你真的打算这样吗？"

柏溪哭丧着脸问道。我假装听不见。柏溪不得不站起来，在教室里转来转去，督促同学们安静。大家不听她的话。这时，教室后门突然敞开，校监老师进来了。

"你们班怎么这么乱？"

校监老师皱着眉头，在教室里看了一圈。我们屏住呼吸，一动不动。

"啧啧，看这些灰尘，你们以为晨读是玩耍时间吗？以后我会格外留意你们班的，你们要小心。"

校监老师恶狠狠地说完，又环顾教室，然后出去了。没过几分钟，教室里又吵闹起来。

"安静，好好看书。如果校监老师再来，你们打算怎么办？"

柏溪近乎哀求大家了，也还是无济于事。女生们稍微收敛了些，男生们丝毫不为所动。我想站起来说句什么，最后没动。显而易见，说了也没用。

"李路云，你是班长吗？你说要做我们班的仆人，现在却这么放肆？上学期你每天都闯祸，给我惹麻烦，现在做了班长，也没有什么变化。"

又是帝河！他喊叫的瞬间，教室里安静得像泼了冷水。我真想狠狠揍他一顿，紧握拳头站了起来。班长助手竟然顶撞班长！还没等我反驳，帝河又开口了：

"谁选的这种人当班长？我真想揪出投票给路云的家伙，挨个问问他们是怎么想的。"

帝河话音刚落，包括永镇在内的几名同学低下了头。大光也不例外。突然，我感到无比沮丧。帝河这小子，天生就有让人沮丧的能力。

"李路云，如果你继续这样，那就不要做班长了。最好马上重新竞选。你们觉得怎么样？你们真的打算让他当到学期结束吗？"

我无言以对。帝河气势汹汹。四面八方都响起了支持帝河的声音。柏溪似乎早就料到会这样，流露出幸灾乐祸的神情。同学们都用失望的目光看着我。我立刻涨红了脸。

"不要耍大牌了，班长有什么了不起？只要我愿意，也可以做到你那样！"

我咬紧牙关，大声喊道。帝河笑嘻嘻地说：

"那就走着瞧吧。像你承诺的那样，做四年级五班的仆人吧。"

"对。"

"对。"

同学们随声附和。我无话可说，有气无力地坐回座位。我甚至想按照帝河说的那样，放弃当班长了。老师似乎也希望这样，但是我不能。如果真的这样，帝河和同学们会更看不起我。

"只要忍一忍那些烦人的事，我也能做到帝河那样……"

我要重拾涣散的自尊。这不光是因为大事小事都不把我放在眼里的帝河，更因为我总是想起无奈地垂下头去的大光。这让我痛苦不堪。我不想成为让朋友失望的无能之辈。我和大光的视线碰到了一起。他淡淡地笑了。这张笑脸更令我痛心。我第一次知道，笑容也能令人心痛。

不一会儿，老师来了。

"班长，隔壁班的老师说我们班最近太吵，很不满，你知道吗？校监老师也这么说。校务会上，大家你一言我一语说得我羞愧难当。趁老师爆发之前，你要把班长工作做好。"

讨厌的班长工作。

我下定决心，以后再也不参加班长竞选了。

表扬过敏，批评过敏

"路云啊，哈，哈。"

姐姐一大早就喊了起来。这是姐姐的习惯，一旦对什么感兴趣，就会长时间沉迷其中。爸爸走后一个星期，姐姐每次见到我都会大吼"哈，哈"。

"哎呀，烦死了，别说了。"

我气呼呼地说，其实心里并不讨厌。每天听到吼声，就像听到咒语似的有点儿兴奋。吃早饭之前，姐姐又吼了几次，真是没办法。

"路莉啊，我看了你们的配餐表，昨天发了香蕉牛奶，你怎么没带回来？"

妈妈突然问道。不知为什么，姐姐喝不了香蕉牛奶，一喝就拉肚子。香蕉牛奶多好喝啊。

"明灿班长喝了，他还帮我吃掉了倔菜。"

姐姐嘴里塞满米饭，叽里咕噜地嚼着，眨着眼睛回答说。提起明灿班长，姐姐就两眼冒光，看来是很喜欢。

"我喜欢明灿班长，也喜欢美芝。嗯，嗯，达索我也喜欢。不好吃的东西，她都帮我吃。"

"是的，明灿是好孩子，喜欢帮助别人。妈妈们也说这回选对了班长。"

竟然连妈妈都对明灿赞不绝口。这是说给我听的吗？我不但得不到称赞，还被人逼着放弃。听妈妈这么说，我的心里很不服气，嘀嘀咕咕地说：

"哧，明灿班长还能多厉害？帮别人喝香蕉牛奶，我也会。"

"还帮我吃倔菜呢！嗯，嗯，还有菠菜。"

姐姐瞪圆了眼睛。看得出来，她不喜欢别人诽谤明灿班长。

"倔菜？菠菜？那有什么难的？而且不是倔菜，是蕨菜，笨蛋。"

姐姐太讨厌了。我冲她吐了吐舌头。没等我说完，妈妈就伸手打了我的后背。这是我叫姐姐笨蛋受到的惩罚，一点儿也不疼。幸好只有这点儿惩罚。如果换在平时，肯定还会骂我"混蛋""臭小子"之类，然而不知为什么，今天妈妈只是打了我一下。自从我当上班长，妈妈对我宽容多了。即使我做错什么，妈妈的责备也比以前轻了许多。难道妈妈理解我，知道我在学校里承受了很多压力？反正这是当班长的唯一好处。我先站起身，穿上大光借给我的足球鞋出门了。

上学路上，我总是想起姐姐说的明灿班长的事。我想起几天前让我帮他吃豆腐的永镇。当时他说什么仆人、骗子，我只顾生气了。今天听姐姐这么一说，我有点儿后悔，应该直接帮他吃掉的。豆腐对身体好，我也不讨厌豆腐。

"好吧。既然明灿班长能做那么好，我也不能落

后。就算不是真正的仆人，我也要做个冒牌仆人。那就能像爸爸说的那样造福大家了。"

这样想着，我突然有了信心。首先，我要提高自己班长的分数，这样才有脸面对大光。我还想在爸爸面前炫耀呢。我使劲吸了口气，朝着学校跑去。

"彩英啊，今天我替你做牛奶值日生吧。"

第二节下课的时候，我悄悄凑到彩英跟前说道。彩英瞪大眼睛。今天负责分发牛奶的是彩英和娜妍。

"你，为什么？"

"还能为什么？你身体不好，每天踉踉跄跄，娜妍也柔柔弱弱的，所以今天我帮你们做。"

说完，我就跑去了走廊。说出这些肉麻的话，我满脸通红，后脑勺发痒，不过心情还不错。我哼着歌，跑到一楼保健室，按照我们班的人数装好牛奶，哼哧哼哧地拿回教室。回教室的路上，鼻梁冒出汗珠，抓着牛奶箱子的手酸痛，脚步却轻盈如飞。

"你今天是怎么回事？轮到你值日的时候，千方百计逃避，跟你一起值日的同学都吃尽了苦头。"

我拿着牛奶箱子回到教室，老师惊讶地说。

"我是班长，这种忙还是应该帮的。"

我故意不以为然地回答，然后放下牛奶箱子。

"哇！路云，我以为你真的是饭桶呢，今天你让我刮目相看。很好，我很满意。"

老师拍了拍我的屁股，心满意足地笑了。啊，我大吃一惊，连忙把屁股往前挺了挺。这是第一次。以前我总是享受被老师的旧教鞭抽打的荣光，突然得到亲切的赞美，难免有种云里雾里的感觉。看到我不知所措，尴尬地站在那里，老师笑了，似乎觉得很有意思。那是愉快的笑容。

我从第一排开始发牛奶。同学们都好奇地看看我，接过牛奶。

"喝完这个牛奶不会消化不良吧?"

走到帝河面前，这小子又挖苦我。我没理会，直接走向下一排。不料帝河伸脚绊我。我仰面倒地，牛奶也掉了。

"帝河呀，你这是在干什么? 以前你从不这样，今天怎么回事? 路云拿着牛奶箱子呢，要是受伤了怎么办?"

帝河怎么也没想到老师在看着自己，面红耳赤，不知如何是好。我慢慢地站起来，拍了拍衣服，捡起掉在地上的牛奶，放回箱子。旁边的彩英和大光也来帮忙。

"帝河，我以为你从不搞这种恶作剧呢，你让我很失望。"

听老师这么说，帝河的脸都扭曲了，像嚼了虫子。我在心里大叫痛快，强忍住笑意。我甚至感谢他伸脚绊我。我耸了耸肩膀，继续分发牛奶。

"路云，谢谢你。"

彩英接过牛奶，小声说道。

"我也谢谢你。你今天是王者风范，我很满意。"

坐在后面的大光也极力吹捧。哇！我真害怕这样下去，我会飞出窗外。没想到这么点儿小事就让我得到如此丰盛的赞美。赢得好评似乎比想象中容易。尽管大部分同学对我还是不满意，不过那也没关系。能有这样的开始，已经算是巨大的成功了。我准备趁热打铁，模仿明灿班长的做法。

"赵柏溪，你不喜欢喝牛奶是吧？我替你喝好不好？"

刚刚坐下，我就问柏溪。

"怎么要帮我喝牛奶啊？不会帮完忙后又把什么事都交给我吧？"

"不是的，我只是口渴，你不愿意就算了。"

我咕嘟咕嘟喝完自己的牛奶，把空纸盒扔到牛奶箱子里。柏溪一直用怀疑的目光盯着我。柏溪说学校发的牛奶不好喝，喝完肚子不舒服，常常装进书包带回家。最近，妈妈因为不喝牛奶而批评她，有时她偷偷地把牛奶倒进花坛。借着"女友承诺"，这几天总是把麻烦事交给她，我也觉得有些内疚，所以就想替她喝牛奶，谁知她根本不理解我的心思。

"给，喝吧。真的，千万不要因为帮我喝了牛奶而找我的麻烦。"

柏溪把牛奶递给我，千叮咛万嘱咐。我哪有那么烦啊。我噘起嘴，一饮而尽。柏溪感到不安，同时又为解决了牛奶问题而心满意足。

配餐时间我也充当了配餐员的角色。为了检查餐盘，我

要到最后才能吃饭。也许是喝了两盒牛奶的缘故，我一点儿也不饿。

"哇，路云，你像变了个人似的，以后每天都要这样。"

我和大光并排坐着吃饭的时候，老师搂着我的肩膀说。我尴尬地缩起身体。看来我对表扬过敏。自从受到老师表扬之后，总感觉脚心发痒，嘴角发抖。啊，如果这是一种过敏症，那我一辈子也不需要治疗。

相反，帝河则有批评过敏症。自从挨了老师的批评，这小子再也没笑过，不敢正视老师的脸，也不和同学们玩了。他像别有用心似的固守着自己的位置。不管在家，还是在学校，我都习惯了挨批评，当然无法理解帝河。这样看来，像帝河这样出色，总是受表扬也未必是好事。

"臭小子，受一次批评就像世界末日似的。"

我在心里尽情地嘲笑帝河，就像以前他嘲笑我。

卑鄙的家伙

连续几天我都独自做配餐员，累得满头大汗。柏溪似乎也被我的努力感动了，不再像以前那样冷冰冰，而是主动帮忙。柏溪发生变化最重要的原因是我每天都帮她喝牛奶。

"没想到路云这么好。"

柏溪开始在她的好友面前称赞我。从那之后，我遇到了意外的问题。丽彬和娜妍不想喝牛奶或者肠胃不舒服的时候，也悄悄地把牛奶送给我。我不想让她们说我只替柏溪喝牛奶，只好硬着头皮喝下去。那天的配餐，我连一半都没吃完。想得到好评真的太难了。

尽管我如此努力，还是有很多同学不喜欢我。他们说用不了几天我就会原形毕露。帝河的声音最响亮。越是这样，我越是积极地做好配餐员的工作。我想让他知道，这回他猜错了。

可是，我面前还横着另一座山。

"我就知道你是这样。"

老师用教鞭敲打我的头，因为我没完成作业。整个四年级，我几乎没做过作业，当了班长也很难改变这个习惯。这几天为了获得好评，我做各种杂事，早已经疲惫不堪，而且我也不喜欢做作业。现在不需要陪铁锤散步了，只要下定决心，还是有时间完成作业的，然而回到家里打开书本和作业搏斗，真是太残忍了。

"身为班长，作业都不做，这怎么能行？"

老师又训了我一通，然后让班长助手帝河检查同学们的作业，还说这本来应该是班长的工作，但是我自己都没完成，所以没有资格检查。帝河检查作业的时候，柏溪在黑板上写数学题，让同学们解答。

"你扣掉三分。"

帝河在老师给的作业检查手册上写下我的名字，画了三个红叉。得满十个红叉，就要在一周之内最后吃配餐，午休时间也不能出去玩，只能待在教室里解答老师出的习题。这样的惩罚想想都恐怖。第一学期我受过两次这种惩罚，回忆起来真是不寒而栗。

"为什么是三分？每次不完成作业只扣一分啊。"

我质问帝河，帝河冷笑着说：

"我想扣几分就扣几分。班长犯错误，应该比别人扣得更多，这不是理所当然的吗？如果你觉得委屈，以后就按时完成作业。"

不可思议。这是谁定的规矩？我想问，可是又不好意思。同学们兴致勃勃地等着看我的反应，这给我带来了压力。想来想去，当班长真的很没趣。为了打消帝河这小子的嚣张气焰，不让大光失望，我只能继续忍耐。真没劲。不过这件事引发的火花反而溅到帝河自己身上。

"黄帝河,你怎么能随心所欲给路云扣三分呢?这不公平。"

老师翻看作业检查手册的时候,皱起了眉头。

"路云是班长,却没有发挥模范带头作用,应该多扣分。"

帝河挺直肩膀,一字一句地说。不愧是老师认可的模范生。

"那你也不能随便做出这种决定。正如法律面前人人平等,这个规则也不能因人而异。"老师严厉地说。

对帝河来说,一向宽容的老师显得有些陌生。他的脸顿时红到了耳根,不知所措。看到他这个样子,我忍不住想笑,气也消了。帝河的批评过敏症大概又犯了,从那之后一直愁眉苦脸。偶尔和我目光相对,他就狠狠地瞪我,恨不得把我吃掉。我故意置之不理。谁会因为狮子躺着不动而去拔它的鼻毛!

放学后,我和大光一起回家。好久没在我们家玩了。路上大光说他羡慕我,说只要能当一次班长,他就别无所求了，即使因为犯错挨骂也无所谓。

"上次你说幸好没当上班长，现在想法变了吗？哎呀，班长只会让人疲惫不堪。真不知道大家为什么都争着抢着当班长。"

"你别这么说，你是当上了班长才这么说。玩战争游戏的时候，我也总是当小兵，所以很想当一次队长或者班长什么的。如果我当上班长，我妈妈恨不得每天都把我背在身上。"

似乎想一想就很开心了，大光笑个不停。他的样子令人心疼，只要可以，我真想把班长让给他。

"知道了。如果五年级我们还是同班，我一定使劲推你。"

"你一个人推有什么用？我站到讲台前面连话都说不清楚，根本得不到同学们的关注。"

大光哭丧着脸，低下了头。希望我当选班长的狗屎运能降临到大光身上……

"哎呀，不用担心，我有什么厉害的，不也选上了吗？明年你就用我的'仆人'观点，说不定也能选

上呢。"

我开起了玩笑。大光嘿嘿笑了。我们甩着鞋袋，一口气跑回家。

"哎哟，是大光啊。"

不知道怎么回事，妈妈看到大光居然很开心。妈妈觉得大光贪玩，脏兮兮的，学习也不好，很不喜欢他。妈妈说我应该结交比我优秀的朋友。如果真像妈妈说的那样，恐怕我连一个朋友也没有了。

"大光，我们路云怎么样？像个班长的样子吗？我都急死了，可是这小子不肯说。"

妈妈暴露了心事。

"别担心，路云做得很好，比上学期的班长好多了。"

大光瞒着妈妈，偷偷眨着眼睛说道。带大光回家真是太明智了。妈妈咯咯笑了起来，然后去厨房端来装满点心和水果的盘子。

我们狼吞虎咽地吃完点心，在院子里玩的时候，姐姐一瘸一拐地回来了。

"路云班长，哈！哈！"

姐姐看见我，又大吼起来。我正气愤地跟大光聊铁锤的事，看到姐姐这个样子，猛然一惊。大光说姐姐有趣，很喜欢她。我不这样认为。看到姐姐在大光面前傻乎乎的样子，我只觉得羞愧。

"路云班长，在天弄的，你去教训他。在天讨厌，讨厌，讨厌。"

姐姐哭丧着脸，让我看她裤子后面。好像是谁往姐姐身上泼了饮料之类，裤子上留下

长长的污渍。我更气愤的不是害人的在天，而是姐姐。

"你为什么每天都受欺负，像个傻子似的!"

我和大光出了门。我想躲开姐姐去游乐场。大光被我强拉出来，还不停地回头往家里看。走到胡同口的时候，他突然停下脚步。

"路云啊，我们去教训在天。"

"算了，又不是什么大事，你别管了。"

"正好无聊呢。再说了，欺负你姐姐这种有缺陷的人，我们不能饶了他。欺负没有防御能力的人是孬种。"

大光紧紧攥起拳头。看到他不同往常的认真表情，我忍不住笑了。我千方百计劝阻，大光还是坚持去了超市。

"喂，我妈妈说了，学习不好可以，但是不能做卑鄙之人。明明知道在天不好，我们还置之不理，岂不是很卑鄙?"

大光很兴奋，好像找到了有趣的游戏。我却莫名

其妙地感到郁闷。如果像大光说的那样，我以前就是非常懦弱的人。这种说法远比"魔鬼"和"混账"更令人不快。真奇怪，我本来不太在乎别人的话，然而爸爸和大光的话却总是挥之不去。

不知是幸运还是不幸，在天恰好不在家。大光去店里问了阿姨，阿姨说在天去辅导班了。大光不停地搓着巴掌，遗憾不已。我反而觉得庆幸。我不想给姐姐报仇，也不希望因为自己出面而导致妈妈和超市阿姨之间再次发生冲突。如果真的发生这种事，我可能真的要像妈妈那样去很远的商店买巧克力了。看来我的确是个孬种。突然，我感觉胸口很闷，像堵了什么东西。我想买一块巧克力，口袋里空空如也，又不想求大光给我买。直到睡觉前，"懦弱"两个字都在我耳边回荡，头也一阵阵钻痛。仿佛有人不停地对我说"你懦弱，懦弱"，直到深夜我还没睡着。

这一天真的很累。

泰蓝一党

"我想铁锤了。"

早晨，姐姐蹲在狗窝前，冷不丁地说道。别看姐姐的智商只有五六岁的水平，她的记忆里也保留着铁锤的影子。

"是你害死它的，还找它做什么？"

我恶狠狠地质问姐姐。姐姐愣住了。突然间，我想起大光说过的话，攻击没有防御能力的人是懦弱的。

"铁锤去了天堂，不在了，不要想它。"

我的声音比刚才温和了些。姐姐赶忙点头，显得很不安，好像不点头，我就会打她。我不想再做孬种。要想成为讲义气的朋友，似乎必须这样。这是我彻夜无眠得出的结论。

"明灿班长，最近帮你做什么了？"

我悄悄地转移话题，还想像上次那样获得做班长的经验。姐姐一秒钟都没迟疑，直接回答说：

"我喜欢明灿班长，最喜欢他。"

"喜欢他什么？"

我的声音里情不自禁地多了烦躁。每次提起明灿班长，姐姐就两眼冒光，脸上也豁然开朗。看到她这个样子，我总是心生恶意。我们班还没有这样的同学呢。

"他给我做了这个，我的鞋逃跑了，他帮我找回来。嗯，嗯，喜欢说过去的事情。"

姐姐拿出淡绿色彩纸叠成的青蛙，结结巴巴地说。姐姐着急的时候，呼吸会变得粗重。现在就是这样。显然是害怕自己不快点儿说，我会生气。说完，姐姐勉强笑了笑。那一刻，我的心里猛地一沉。看到

姐姐的笑脸，我的心好痛，就像不久前大光冲我凄凉微笑的时候。我不知道是为什么。

我低头看了看叠得不是很好，甚至有些滑稽的纸青蛙，独自回到了房间。我的脑子乱糟糟的。大光和姐姐的笑脸轮番浮现在脑海深处。我像吃了感冒药似的神情恍惚，早饭也没吃就出了门。

上午过去了，到了午休时间。配餐食谱只有咖喱饭、汤、辣萝卜块，也许是这个缘故，同学们比往常吃得快。可以在剩余时间尽情玩耍，我喜欢。刚进教室，我就拿起运动鞋冲进了走廊。大光在等我，我很着急。走到门口的时候，迎面遇到了老师。

"班长，不要只想着玩，也照顾一下别的同学，让他们在午休结束前做好下节课的准备。"

说完，老师摸了摸我的后脑勺。嘿嘿，心情不错。

"是。"

我响亮地回答，然后大步下楼。对了，不能跑。想到老师可能在看着我，我的脚步自然变得小心翼翼。

　　同学们聚集在学校大楼的后门，分组玩躲球游戏，或者捉迷藏。我和大光在操场上踢了会儿球，再去看同学们。换在往常，我肯定会玩到上课铃响，然而想起老师抚摸我后脑勺的手，就不能这样了。

　　我们班同学非常喜欢玩躲球游戏。只要有时间就集合起来，连喊带叫地举行躲球比赛。有时按照组别，有时按照男女分队。

　　"路云，大家玩得正开心，我们再踢会儿球怎么样？你又不是保姆，为什么要站在旁边看别人玩呢？"

　　大光闷闷不乐地发着牢骚。

　　"我是班长啊，我悄悄看一眼就走，快跟我来。"

　　我拉着大光的手，朝大楼后门走去。奇怪的一幕映入视野。原以为同学们会叫喊着到处抛球，不料他们却闹哄哄地聚在一起。难道比赛已经结束了？走近一看，好像不是。我们班同学和五年级的学哥们组成的"泰蓝一党"面对面站着。看到泰蓝学哥的瞬间，我愣住了。这名学哥是全校出名的问题少年，动不动就打人，和六年级的学哥学姐们也经常打架。我没有亲眼见过，听说很多同学都被他抢过钱。有一次，他把二年级男生的胳膊打断了，还被送去了警察局。

大家把泰蓝和他身边的两名学哥称为"泰蓝一党"。泰蓝一党四处游荡，吓唬同学，稍不如意就大打出手。以凶狠著称的校务主任使用各种方法想要改掉他们的坏习惯，还是无济于事。我也是出了名的捣蛋鬼，不过比起泰蓝一党，实在是小巫见大巫。

"我们先在这里玩的，而且这是我们的球，为什么让我们放下？"

我走到同学聚集的地方，听见柏溪正在大声抗议。敢在泰蓝一党面前如此叫喊的能有几人！柏溪好酷啊，真像圣女贞德。同学们都吓得不知所措，耍大牌的帝河小子也躲到最后面，回避泰蓝学哥的目光。

"你这家伙，不知道我们是谁吗？要不要教训你一下？"

泰蓝学哥用力握紧拳头，发出咔嚓咔嚓的声音，凑到跟前。柏溪吓了一跳，还是站在原地没动。

"我们要在这里玩，你们把球放下，去别的地方玩，没听见吗？"

泰蓝学哥恶狠狠地吓唬柏溪。旁边的同伙笑嘻嘻地从牙缝里吐着唾沫。他们似乎认为自己是真正的强盗。

"这是我的球。爸爸刚给我买的，让我和我们班同学一起玩，我绝对不会放下。"

柏溪紧紧抱着球，哽咽着说。明明很害怕，还是勇敢地说出了该说的话，看来柏溪真不是普通的女孩子。我为自己和柏溪同桌而自豪。如果柏溪真的是我的"女友"，似乎也不错。关键时刻，如果我勇敢地站出来击退恶党，救出柏溪，那该有多好！可是，我没有勇气。泰蓝学哥比我高出一拃，我被他的气势镇住了，不由自主地蜷缩起身体。

"路云啊，怎么办？要不要去找老师？"

大光声音颤抖，小声问道。

"你别动！如果你去，那些学哥会放过你吗？"

听我这么说，大光立刻闭上了嘴。这时，泰蓝学

哥抓住了柏溪的衣领。大家都瞪大了眼睛。

"看你是女孩子，本想放你一马，看来不行啊。"

泰蓝学哥揪住柏溪的衣领摇晃起来。柏溪放声大哭。怎么办啊！不是别人，副班长柏溪挨欺负了，身为班长的我却不知道怎么办。帝河索性转过头去。

"哼，平时那么厉害，看来也没什么办法。"

帝河小子像个卑怯的胆小鬼。当然，我和他也没什么两样。我下定决心不做孬种的……不行，我使劲闭上眼睛，为了柏溪大声喊道：

"放手！对女孩子动手，太无耻了！"

我鼓起肚子走上前去，大声吼道。所有人的目光齐刷刷地投向我。

"你干什么？"

泰蓝学哥放开柏溪的衣领，走到我面前。我喘不过气来，咕噜咽了口唾沫，努力让自己振作起来。

"我是四年级五班的班长！"

"班长？那又怎么样？"

"不要欺负我们班同学，我不会袖手旁观的。"

我也不知道自己哪儿来的勇气。同学们崇拜的目光赐予我莫名的力量。

"不会袖手旁观，那你打算怎么办？臭小子，看来你是想尝尝我的厉害了。"

站在泰蓝学哥左边的瘦猴儿流里流气地说着，直接冲我脸上挥起拳头。呜，我的脸上一定着火了，否则不可能这么烫。同学们吓坏了，齐声发出惊呼。这还没完，泰蓝学哥又往我脸上打了一拳。啊，我不由自主地失声尖叫。

"混账！"

我咬紧牙关，使劲挥舞胳膊，鲁莽地向前冲去。脸上着了火，什么都看不见了。瘦猴儿抓住我的胳膊，我用不上力。正在这时，柏溪冲上来，咬了瘦猴儿学哥的手。

"啊啊啊！"

瘦猴儿尖叫着向后退去。与此同时，泰蓝和另一名学哥握起拳头走上前来。正在这时，我们班同学大声呐喊，同时扑向泰蓝一党。我忘记了疼痛，咬住泰

蓝学哥的裤腿。

我们群起而攻之，泰蓝一党慌了神儿，最后晃着拳头逃跑了。

"你们，等着瞧！"

泰蓝学哥瞪大眼睛，和同伙消失在大楼后面，我们发出胜利的呐喊。紧张感消除了，脸疼得更厉害了。

我捂着火辣辣的脸，无力地瘫坐在地。

梦想报仇

"泰蓝一党"事件让我们班热闹了好长时间。我不得不连续几天肿着脸上学。感觉同学们看我的目光和以前截然不同，我也就不痛了。尤其是女生们的目光柔和了许多。这是我从未想过的事。包括帝河在内的几名同学对我依然不是很友好。听大光说，我们和泰蓝一党交手的时候，帝河一直站在最后面看热闹。尽管这样，他还是对我冷嘲热讽。

"你以为挨一顿打就能变成英雄吗？"

从卫生间出来和我单独相遇的时候，帝河挖苦我。

"总比你眼睁睁看着朋友受欺负强。"

帝河脸色僵硬，气势似乎被我削弱了。我心里很痛快。

妈妈和柏溪妈妈一起去校长室，反映了泰蓝一党的问题。校长很生气，通过教务主任让泰蓝一党的家长到学校来。教务主任提高嗓门儿说，要让泰蓝一党立刻转学。他们的父母写下保证书，保证今后不会再发生类似的事情，总算平息了妈妈和老师们的愤怒。从那之后，泰蓝一党安静了许多。

几天后的早晨，我们班开始准备美术课用的沙画，教室里乱作一团。只有大光和我没带相关文具，无事可做。

"美术老师又要发火了，怎么办呢？去文具店已经来不及了。"

大光担忧地说。我们一向不太用心准备文具和作业之类，不过美术课有点儿不同。美术老师很不好对付，大部分同学都讨厌美术课。尤其是没带美术用品的同学，不得不忍受地狱般的一个小时。

上学期我也多次去过这个地狱。脸上被涂过黑水彩，迈着鸭子步在美术室里转五圈。因为美术老师的严厉，不仅我们班，其他班也几乎没人不带美术用品。

"班长，你又没带美术用品吗？先用这个吧。"

柏溪把一套彩沙推到我面前。她竟然对我这么好，还亲切地叫我"班长"。我感觉自己终于得到了认可，不由得咧开嘴巴。今后不管谁欺负我们班同学，我都会冲上去拼个你死我活，还要更卖力地帮同学们喝牛奶。我把彩沙分出一点儿给了大光。大光开心得像是发了横财。

"你真是不可救药。当了班长也没有变化，都是因为你，美术老师讨厌我们班，你不知道吗？"

帝河又来找碴儿了。大事小事都对我吹毛求疵，一副不吃掉我誓不罢休的样子。

"又不是你借给我的，凭什么跟我吆吆喝喝？你好像还把自己当班长呢，不过现在班长是我。你是班长助手，助手就要有个助手的样子，不要胡乱站出来多管闲事。"

我也不甘示弱。

"什么？"

帝河又涨红了脸，试图攻击我。正巧老师进来，我们只好互相瞪了对方一眼，重新回到座位。最近帝河对我的敌意更深了。我不能继续忍受他对我的蔑视和放肆。

第二节美术课，我们跑到三楼的美术室。

"很好，很好，今天我很满意。"

美术老师逐一检查大家准备的用品，点了点头。谢天谢地，我冲柏溪莞尔一笑。

"李路云，看来当班长以后准备洗心革面了。竟然把美术用品都带来了。"

老师突然喊出了我的名字，我赶紧转过头去。我不想被抓住把柄，再去一趟地狱。

"不过，你们怎么会选路云这样的小子当班长呢？真是的，四年级五班的孩子们好奇怪。"

老师连连摇头，甚至还咂起了嘴巴。老师因为我而嘲笑我们班整体，这让我很生气。其他同学的脸色也不好看。

美术老师以前也经常表达不满，说我们班没有画得好的同学，没有人对美术感兴趣，积极向老师请教。这不是我们的错。美术老师常常蔑视我们，我们好不容易画的画儿，老师稍不满意就会撕得粉碎。因为有这样的老师，原本喜欢美术的同学也失去了兴趣，可是老师好像不知道。

反正我们班同学都讨厌美术老师。一到美术课，大家就不约而同地板起脸，声音也很低。帝河在美术课上照样昂首挺胸。我们班唯一没挨过美术老师批评的人就是帝河。帝河总是最后完成作品，每次都独占老师的称赞。也许是这个缘故，这小子对美术老师没有任何不满。

现在也是如此。老师污蔑我们全班，这小子依然若无其事。真是自私的家伙。

"好了，按照上次说的，今天我们画沙画。先勾画背景，再涂胶水，把彩沙粘牢。彩沙适度混合，可以形成多种颜色，画的时候要考虑整体色彩。"

老师一边说话，一边像中餐馆的服务员似的拍了两下手。我们闹哄哄地铺开画纸，开始画画。我也闭上嘴，铺开画纸。为了用柏溪给我的彩沙画出漂亮的画，每个动作我都很小心。

"哦，李路云！表情好严肃。"

老师在美术室里转来转去，拍了下我的后脑勺，淡绿色的沙子撒上了画纸。老师没有道歉，径直走开了。我瞪了老师一会儿，擦掉沙子，继续画画。坐在斜对面的帝河冲我冷笑。可恶的家伙，我露出威胁的表情，然而回答我的是又一次冷笑。

同学们静静地画画，专心致志，谁都不希望自己的画被老师撕碎。美术课持续了两个小时。我不停地看挂钟。无聊的时间总是过得很慢。

"班长，你干什么呢？你要时不时地站起来转一转，看看同学们有没有认真画画。如果有人不清楚，你应该帮忙。以前班长是怎么做的，你不记得吗？"

第二节课过半的时候，老师大声说道。我紧张地站了起来。帝河经常做的事情现在应该由我来做，我差点儿忘了。

"哧，这些事不应该老师来做吗？"

我撇着嘴，在同学们中间游荡。大部分同学都按顺序做得很好。永镇连背景都没画完，似乎需要帮助。

"永镇，要不要我帮忙？"

"算了，你把自己的画好吧。"

永镇脸上满是怀疑的神色。怎么说我的水平也比他高，他竟然不愿意，那我就没必要帮助他了。丽彬、锦珠和彩英的水平好像很高。她们三个人都画了山和田野，分别用不同色彩的沙子表现不同的季节。锦珠的画最突出，她画出了秋天金黄色的田野和被枫叶染红的山。大光也画出了美丽的海滨。我看了一圈，回到自己的座位。

刚要坐下，我下意识地往帝河那边看了一眼。这小子也不画画，像长颈鹿似的伸长脖子，看其他同学的画。

"臭小子，还以为自己是班长吗？"

有点儿奇怪。帝河到处看别人的画，再在自己的画上动几笔，又像长颈鹿似的伸长脖子环顾四周，好像在抄袭别人的画。不，分明就是抄袭。

我不时看他，终于看出他在照搬其他同学的精彩部分。大光用灰色沙子做成的海边石头，锦珠用黄色、土黄、橘黄、褐色做成秋日田野，全都原封不动地照搬到了帝河小子的画纸上。

"卑鄙！"

我情不自禁地握起拳头。如果以前遇到这种事，我可能会无所谓，现在不同了。我终于得到了报仇的机会。

第三节课过半的时候，同学们陆陆续续完成自己的作品，接受老师的检查。老师紧皱眉头，很不情愿地看着一幅幅画。

"这里还空着呢，怎么能交来没完成的画呢，赶紧回去画完。"

老师冲着娜妍大喊。娜妍有些失望，毕竟没被撕碎，也算万幸了。她轻轻叹了口气，回到了座位。随后走到老师面前的敏赫终于被老师撕碎了画作。原因是看不出画的是什么。

"重画一幅，明天交上来。"

老师把撕碎的画扔进垃圾桶，恶狠狠地说道。我很难过，感觉就像自己的心被撕碎了。美术课快要结束的时候，帝河自信满满地从座位上站了起来。我在修补被老师批评的石头，抬头看了看帝河。

"黄帝河果然不同凡响。很好，很好，今天还是你画得最好。最好，最好。我要把这幅画挂在美术室里。"

老师对帝河的画赞不绝口。同学们都用羡慕的目光望着帝河，帝河的肩膀挺得更直了。看他这副德行，我愤愤不平，不能再忍下去了。

"老师，帝河偷看别的同学的画，抄袭了别人画得好的部分。这样画出的作品有什么好的？"

我猛然站起，大声说道。

"李路云，你在说什么？"

老师反而对我发火。

"真的，刚才他抄袭别人的画，我都看到了。"

"你怎么总是胡说八道？帝河怎么会做这种事？"

老师一直在偏袒帝河。帝河的反应就不同了。听我说话的瞬间，他就表现出了明显的慌张。见我丝毫不肯退却，老师摇了摇头，说道：

"帝河啊，路云说的是真的吗？"

"不，不是的。"

帝河颤抖着回答。

"我就知道不会的。路云，你为什么说谎？你和帝河有仇吗？"

"我没说谎，是真的。"

我急得直拍胸口。老师连连摇头，无视我的话。这时，彩英迟疑着站了起来。

"老师，我也知道帝河抄袭的事。他总是偷看我的画，我觉得奇怪，后来发现他画的树和我的一模一样！以前也有过……"

听了彩英的话，大家都像受惊的兔子似的瞪大眼睛。啊，彩英竟然帮我说话！我倍受鼓舞，感觉像是得到了百万大军的支援。帝河和我恰恰相反，急得团团转，不知所措。老师看了看帝河的表情，脸也僵住了。如果帝河抄袭的事实败露，一直吹捧帝河的老师也会成为笑柄。

"路云啊，你到前面来，拿出确凿证据，证明帝河的画是抄袭的。彩英也出来。"

老师有气无力地说道。帝河耷拉着肩膀，低下了头。

我赶紧走到前面，展开大光、柏溪、锦珠和彩英的画。彩英也指着自己和帝河画纸上形状相似的树，轻叹一口气，不知老师能不能听见。同学们纷纷凑过来围观。老师的眼神之中透出不安，仔细观察帝河和其他同学的画。帝河的脸色变得苍白。我转头去看帝河，只见他眼神涣散，惨兮兮的样子有点儿可怜。

崩溃的"皇帝"

帝河的画面上，几乎一模一样地画着锦珠的田野、大光的海边石头、彩英的枫叶和柏溪的花朵。老师低头看了帝河一会儿，说道：

"如果只想着让自己表现好，那就有可能做出这种事。可帝河你怎么……"

老师努力表现得平静，还是掩饰不住失望。帝河始终低着头，一言不发。我期待着老师在全班同学面前把帝河的画撕得粉碎，然而这样的事情没有发生。好遗憾。不一会儿，更大的秘密被揭穿了。

"黄帝河，你以前不会也以这种方式欺骗老师吧？"

老师这样问的时候，不知为什么，帝河只是观察其他同学的眼色，没有立刻回答。这时，东裴和敏浩露出不安的眼神，交流着什么。大家都屏住呼吸，即使小声说话，别人也能听到。

"不要像老鼠似的窃窃私语，有话就清清楚楚地说出来！"

老师用拳头捶打着课桌，满脸愤怒。我们吓得大气不敢出。东裴和敏浩哭丧着脸，互相看了看，结结巴巴地说：

"以前每次做手工的时候，帝河都让我和东裴跟他换。他还说，就算我们说话被发现，他也不给扣分，体育课上还可以把我们的跳远或赛跑成绩写得高点儿……"

"对，他说他怎么也做不好，让我们帮忙。"

天啊！我们都无语了。帝河脸上的肌肉在痉挛。老师似乎难以相信，呆呆地盯着帝河，把他的沙画咔嚓咔嚓撕碎，扔进了垃圾桶。几名女生发出惊叹。我感觉很痛快，疼痛的牙齿掉了也不会比这更痛快了。

从那之后，同学们看帝河的眼光发生了变化。

"六月份的小提琴演奏会，帝河说他的琴弦松了，声音不对，要和我换。我用帝河的小提琴，站在后面假装拉奏。"

和帝河一起参加小提琴演奏的载灵气鼓鼓地说。

"每次体育课赛跑的时候，帝河都推我，我摔倒了三次。"

"雀斑王"镇石也说话了。同学们聚在角落里，一边交谈，一边瞟着帝河。沙画课后，原来对帝河言听计从的同学们都向帝河投去怨恨的目光。每当这时，我都像胜利的将军一样昂首挺胸，有时甚至感觉自己变成了戳穿敌军重大机密的英雄。

帝河越来越沉默，不再对我吹毛求疵。东裴和敏浩对他避之唯恐不及，他也没说什么。也难怪，以前他动不动就说我是"选错的班长"，从来不把我放在眼里，现在却遭到我狠狠的反击，这样的反应也是理所当然。美术课上，他总是坐在角落里，画画或者做手工也都草率了事，比其他同学交得早。美术老师不

再赞美帝河的作品，更不悬挂他的作品了。

我暗自担心，这个对批评过敏的家伙在同学面前颜面扫地，会不会因此生病呢？不过，帝河只是说话少了，倒也没有太大的变化。因为还有像永镇、正奎、美娜和锦珠这样的同学，依然像拥护皇帝似的拥护他。

"路云啊，说实话，我以前一直以为你不如帝河。现在看来，像你这样的孩子当班长也不错。"

有一天，柏溪参加完全体班干部会议，回来后突然说道。遗憾的是，后来换了座位，我们不再是同桌了。

"现在知道了吗？我是说到做到。"

我挠着后脑勺说。嗯，心情不错。

"说你几句好话，你就不知天高地厚。像你这样的人当了班长，我们班还能正常运转到现在，我觉得好奇才这样说。"

柏溪撅起了嘴。那也没关系。我知道柏溪看我的目光和上学期截然不同了。像现在这样，即使星期天，我也可以上学的。

连续一个多月，我帮柏溪等一喝牛奶就胃不舒服的同学喝牛奶，帮忙配餐。做得多了，也不觉得麻烦了。看到同学们吃得津津有味，我就像照顾小鸡的母鸡，感觉心满意足。真好笑。不是我值日的时候，我也做这些事，老师也会给我更加丰盛的赞美。啊，我对自己真的很满意，很骄傲。偶尔，我觉得自己还是个很有用的人。

进入十月份，天气骤然变凉了。因为早晨不爱起床，我每天都和妈妈发生战争。体弱多病的姐姐得了感冒，三天没上学了。

"路云班长，快去上学吧。"

我出门的时候，姐姐头上系着白色毛巾，跟我走到门前，感觉像个独立斗士。整天憋在家里，姐姐似乎很无聊。看到姐姐苍白的脸，我有点儿心疼。

"你可以看我房间里的漫画书。"

"真的？"

姐姐瞪大眼睛，问道。

"是的，不过不能拿剪刀剪。"

"知道，我知道。"

姐姐笑着跑进我的房间。

"姐姐生病了，我应该让着她。"

感觉自己像爸爸期待的那样，对姐姐也做了有利的事，我很欣慰，上学的脚步也变得轻松。"李路云"，我的名字，现在越来越让我满意了。

也许是今天有数学竞赛的缘故，教室里的气氛很紧张。

"路云啊，你认真复习了吗？我打开数学书就犯困，真不知道该怎么办。"

大光扑通坐到我前面的座位上，发起了牢骚。大光和我都是数学困难户，这是全班皆知的事实。

"还能怎么办？尽力去考就行了。"

我收起书，说道。

"上学期我们班是全学年最后一名，老师说这次谁要是拉低了平均分，绝对不会轻饶。"

大光担忧地说。

"那又怎样？我们也不可能突然变成数学博士。"

"你毕竟是班长啊。身为班长，如果你还像上学期那样得十五分，老师会怎么说！"

"我是因为数学好当上班长的吗？我就是不行，还能怎么样？"

"这值得炫耀吗？"

帝河突然插嘴说道。换座位以后，我和他坐在同一组。

"是啊，班长学习也要好才行。"

一大早，帝河的同桌美娜就咯嘣咯嘣地嚼着花生米，自言自语。美娜什么都爱吃。竞选班长的时候，我说如果她选我，以后不再叫她河马，可是我没有遵守约定，这让美娜很不满。一看到她，我就想起河马，情不自禁地叫出来，我有什么办法。

"喂，河马！你别多管闲事，吃你的花生吧。不知道非洲是不是也有吃花生的河马。"

"李路云，你真的……"

美娜哭丧着脸，转头看了看帝河，似乎期待帝河替她站出来攻击我。

　　"幼稚的家伙，就知道嘲笑女孩子。你不觉得自己有愧于'班长'这两个字吗？"

　　"真好笑。那抄袭别人的画，把别人的手工据为己有欺骗老师呢？那是偷盗，偷盗。"

"什么？你这小子。"

"怎么了？我说错了吗？考试的时候你不会也抄袭学习好的同学吧？连画画都抄袭的家伙，抄袭别人试卷就更容易了！"

啪！

还没说完，我感觉眼前直冒金星。帝河的拳头击中了我的脸。转眼间，我们纠缠在一起，拼命地挥拳。同学们围过来，试图把我们分开。我只想把他打倒，什么事都想不起来了。同学们把我们分开，拉回座位的时候，老师进来了。

"黄帝河，现在还学会打架了？你最近究竟是怎么回事？老师对你非常失望。听说你美术课上还抄袭别人的画？平时你总是很自信，做什么都很认真，我经常夸你乖，唉……"

老师还想再说什么，终于闭上嘴巴，瞪着我。

"身为班长，一大早就挥拳头，你可真行。"

事情到此结束。老师没再说什么，开始发试卷。我不情愿地接过卷子，浏览了一下。脑子里一片空白。我悄悄转头一看，帝河低着头，闷闷不乐。别的我不了解，帝河的数学实力是首屈一指的。即使不得满分，最多也就错一两道题，别的科目也差不多。对于乘法口诀都能背错的我来说，他的数学成绩太神奇了。

他看上去有点儿不对劲。不想着答题，倒像别有用心似的死死盯着试卷。换在平时，他肯定拿到试卷就迫不及待地解答，看来批评过敏症又犯了。我总是忍不住看帝河小子，直到被老师的教鞭打了脑袋才回过神来。

整整一节课我都在冥思苦想，还是有三道题没来得及做就交了试卷。我别无奢求，只要超过五十分！不过，我有种不好的预感。

第二天，考试结果出来的时候，我的猜测变成了现实。

二十分。

我呆呆地注视着红笔写在试卷上的数字，不由自主地发出一声叹息。毕竟比上学期多对了一道题，我应该庆幸才对。

"啧啧，身为班长，得这么点儿分。班长都这个样子，其他同学也跟着稀里糊涂。"

老师失望地看着我。看来我们班又是最后一名。但是，真正惊人的不止这些，令全班同学大跌眼镜的是帝河的分数！

"黄帝河，你竟然得了零分！天啊，不可思议！你为什么一道题也不做，交了白卷？老师昨天批评你，你在抗议吗？"

老师似乎真的很生气。

"错了就要承认，然后改正。你以这种方式抗议？明天让你妈妈来一趟。"

发完牢骚后，老师说自己头痛，坐到了椅子上。帝河沉默不语。听老师说让妈妈来，他的脸色更难看了。

我偷偷看了一眼帝河。这小子像浑身散发毒气的蛇！他竟然有着如此可怕的一面！对于成绩优秀的同学来说，考试分数就是自尊心。他却放弃了强烈的自尊，真够厉害！

老师的头痛没有好转，一节课都是自习。大家很高兴，有的看漫画书，有的在空本子上画画，有的玩游戏。我总是惦记帝河，什么也做不了。好像一切都因我而起，心里很不舒服。我想起了巧克力，好久没

吃了。

从那以后，帝河从早到晚都不说话。美娜和永镇不停地跟他说话，他也没有反应。正奎和锦珠也试图帮他调整心情，结果却激怒了他。

"不要烦我，都给我走开！"

帝河大声吼道。同学们悄悄回到座位，看着他的脸色，不再靠近。总是像皇帝一样昂首挺胸的家伙，现在连下课时间、配餐时间、最后的扫除时间都独自坐在角落里。我的视线始终追随着崩溃的"皇帝"，狼狈的"皇帝"。

姐姐是礼物

帝河的妈妈来到学校，和老师交谈了很长时间，抓着帝河哭了会儿就回去了。从那之后，帝河变得更加顽皮，更加粗鲁。

以前，课间休息他也纹丝不动地坐着学习或看书。现在变了，有空就呆呆地看窗外，或者到走廊上无所事事地徘徊。上课也不专心，多次遭到老师的批评。有时感觉他好像豁出去了，存心要毁掉自己。那么自以为是的家伙突然变得判若两人，看上去太陌生了，所有的人都很惊讶。这不是我想要的结果。

扫除时间，我用笤帚打扫教室，不停地往走廊张望。负责擦走廊玻璃的帝河坐在窗台上，无力地挪动着手，看上去让人心疼。我甚至怀念以前他在我面前耀武扬威的感觉。

扫除结束，大家各就各位的时候，老师使劲敲了敲讲台，说道：

"半个月后举行秋季竞技表演大会，大家知道吧？让家长尽可能参加。班长利用明天班会时间和同学们讨论，确定我们班表演什么节目。"

"是。"

同学们异口同声地回答，然后匆匆离开教室。想到要主持班会，我的心里敲起了小鼓。站在讲台上看着同学们的脸，整节课都由我主持班会，这可不是普通的小事。有几名同学，我一看到他们就忍不住笑，说不出话。我也不知道应该以什么程序主持会议，只能信口胡说。

第一次主持班会那天，我甚至对帝河产生了微微的敬意。看来班会主持人的工作不适合我的体质。从第二次班会开始，我就把主持工作交给柏溪，自己做

会议记录。看到第一次班会连议题都没处理好，马马虎虎就结束了，老师也说可以这样。不过，这次老师做了特别指示，恐怕必须由我主持了。

秋季竞技表演大会是运动会的替代品，邀请家长参加活动，孩子们表演节目，和家长们共度愉快时光。这是我们学校最盛大的活动，获得第一名的班级可以得到大奖，因此很多同学都非常关注。

"路云啊，我们班表演舞蹈怎么样？"

我只顾想着怎样主持会议，一路上嘴巴紧闭。大光对我说道。

"太俗了。别的班几乎都是放音乐跳舞。"

我摇了摇头。也许是身体太重的缘故吧，我不喜欢跳舞。

"那我们表演什么呢？"

"回家好好想想吧。"

"哎呀，我这脑子能想出什么好主意？"

大光嘿嘿笑了，我也跟着笑了。

我们像往常似的"哇哇"叫着尽情奔跑，走在前面的学生们不知发生了什么事，吓得躲到旁边了。走过文具店门前的人行横道，我看见帝河独自走在前面不远处。他的肩膀垂得很低。我和大光分开，各自走向自己的家。一路上我都在看帝河的背影。不一会儿，帝河消失在一条老胡同里。

"要不要追上他？"

我的脑海里突然冒出这个念头，脚却没有动。追上去也没什么好说的。我呆呆地望着帝河消失的地方，转过身去。帝河像失去妈妈的小狗似的垂头丧气，奇怪的是我和他对峙的念头竟然消失了。

经过大路，刚刚进入僻静小巷的时候，不知从哪里传来了急切的声音：

"不要，不要，明灿班长会批评你的，不要。"

说话的是姐姐。我突然心跳加速。我知道姐姐挨过小区孩子们的欺负，只是没有亲眼看见。听说在天欺负姐姐很严重，我也无动于衷。这次亲耳听到姐姐的哭声，我不由自主地瞪大眼睛，心里很不安。

"不要，不要。好可怕，好可怕。"

姐姐怯懦的声音再次传来。我什么也顾不上了，飞快地冲向声音传来的地方。在天骑着闪闪发光的新自行车，吓唬姐姐。姐姐在臭气熏天的垃圾桶旁瑟瑟发抖，擦着眼泪奋力挣扎，试图逃跑。在天笑嘻嘻地用自行车挡住姐姐的方向，吓唬姐姐。笨蛋，他比你小那么多，你却坐以待毙。

我握着颤抖的拳头，猛然出现在他们面前。

"喂，你在对我姐姐做什么？"

"哦，哦，没什么，无聊嘛，跟她开个玩笑。"

在天吓得缩成一团，结结巴巴地说。姐姐急忙藏到我身后，脸上满是泪痕，身体仍在发抖。那个瞬间，我目露凶光，使劲瞪着在天，用力踢翻了他的自行车。臭小子尖叫着倒下了。

"臭小子，欺负没有防守能力的人是可耻的。以后要是再敢欺负我姐姐，我绝对不会放过你！"

"啊，好的，不欺负行了吧。"

在天慢吞吞地站起来，扶起自行车，跳上车座骑走了。

"李路莉，傻瓜二百五。"

骑到远处，我追不上的时候，在天回头喊道。我举起拳头，追出几步。在天飞快地逃跑了。

我上下打量姐姐，好像没有受伤。

"快过来，你怎么每天都被那种家伙欺负？"

我走在前面，气呼呼地说。姐姐一直笑呵呵的。眼里明明满是泪水，也不知道有什么好高兴。不过笑总比哭好。

"路云班长，你最棒，最棒。"

姐姐抓住我的手，缠着我说。我耸了耸肩膀，气喘吁吁地走了。和姐姐并排走也不错。姐姐很开心，不停地哼着歌。她说这是明灿班长喜欢唱的歌。张口闭口明灿班长，显然是坠入爱河了。

"银疙瘩，金疙瘩，爷爷去哪了，去买米条啦。"

回家路上，姐姐一直拉着我的手，反复唱着同样的歌词。音高、节拍都不对，我想笑却又笑不出来。

对，表演唱歌怎么样？

我们紧紧拉着手，并肩走回了家。妈妈很感慨，一把抱住我们，还亲了我们的脸，说要给我们做特别的美味，然后就去了厨房。看到妈妈这么开心，我的心里很不是滋味。

坐在中间放着烤肉的餐桌旁，我问妈妈：

"妈妈，您能参加秋季竞技表演大会吗？"

"当然了，我是班长的妈妈，当然要去。这回还是不许姐姐去吗？"

妈妈看着我的脸色，问道。只要姐姐出现在我们学校附近，我就深恶痛绝。妈妈当然知道。我没有立刻回答。姐姐忙着吃烤肉，对我们的交谈不感兴趣。

"您可以和姐姐一起去。"

姐姐埋头吃烤肉，嘴角脏兮兮地沾上了调料。不知为什么，我觉得姐姐好可怜，情不自禁地这样说。

"天啊！你怎么了，真的吗？以后可不许抱怨。"

妈妈反复问了我几次，掩饰不住喜悦。我像做了什么了不起的事，得意扬扬。妈妈笑着看了看我，突然严肃地说：

"路云啊，你不要讨厌姐姐。姐姐独自与这个世

界作战，很辛苦。你要鼓励她，让她有力量坚持下去。你们是双胞胎姐弟啊。"

"……"

我什么话也说不出来。姐姐和我是双胞胎姐弟，这句话深深地扎在我心里，我的胸口好痛。尽管我不想承认，然而这是事实。

"或许姐姐是代替你承受煎熬，所以妈妈总是对姐姐充满歉疚和感激。姐姐是神灵赐予我们的礼物，让我们学会忍耐，学会爱。你能不能也以这种心态看姐姐？"

妈妈的眼睛里噙满泪水，嘴角却挂着笑容。妈妈的笑容让我无比心痛。我怎么从来没看过妈妈的笑容！突然，我的心里掀起一阵风。姐姐是礼物！这句话乘着风萦绕在我耳边。我想让妈妈的眼睛和嘴角一起笑，可是一时间没能找到合适的回答。我真的好傻，只要说句"我知道了"就行嘛。

这样的时候，我感觉自己和姐姐一样。

合唱排练

帝河两天没来上学了。连续几天闷声不响，像影子一样，现在都开始旷课了。老师说他生病了，我觉得可能不是。臭小子凄凉地消失在胡同里的背影总是浮现在我的眼前。

"路云啊，帝河小子会不会病得很厉害？合唱时需要他指挥的……"

大光不安地说。大光似乎在为秋季竞技表演大会上的合唱练习担心。

"柏溪唱歌很好，我让她做指挥。如果她不愿意，就由我担任。"

"喂，那绝对不行，你五音不全，也跟不上节拍。我了解你的唱歌水平，凭你这点儿水平担任指挥？又要指挥，又要带着同学们练习唱歌，你还是忍一忍吧。"

大光调皮地做出求饶的样子。他说得倒也没错。我的音乐和数学差不多，都是一塌糊涂。我最相信的柏溪连连摆手。

"在全校师生面前指挥？我恐怕会晕倒的。"

柏溪根本不想继续听我说话，直接逃跑了。我让她做别的事情，她会半推半就地同意，可是让她带领同学们练习合唱，同时担任指挥，她似乎觉得很有压力，怎么说也不肯。我想交给大嗓门的永镇，也没成功。

"本来就该由班长做嘛。"

永镇冷冰冰地说完，去了卫生间。这可糟糕了。老师催着让我们抓紧时间练习呢。校长说尽可能让同学们自己准备，老师只负责监督，所以老师不愿意出面。别的班也一样。大都以班长为中心练习小品或乐器演奏、时装秀、舞蹈等等。我急得团团转。

庆幸的是，两首歌曲已经选定。收到了十几首推荐歌曲，我在老师的帮助下从中选出两首，只是从来没有合唱过。

"从今天开始，每天放学后练习唱歌一小时，大家都留下。"

我决定先把同学们留下练习。听了我的话，大光立刻喜笑颜开。班会上建议合唱的人正是大光，真是和我心心相印。当时大光羞怯地站起来，结结巴巴地说：

"合唱可以让全班同学一起参加，而且练习也方便。"

也有同学建议跳面具舞或表演话剧，不过票数最多的还是合唱。

排练比预想的艰难。我难为情地挥着手指挥，可是跟不上节奏。也不知道怎样分手指挥合音。如果有老师帮忙就好了……可老师有重要的事情去了教育厅。

"只要我们心心相印，世界就会变成璀璨的宝石……"

唱完这段，歌曲就变成了二部轮唱。我真想哭啊。我为什么要做这种事！我的心里愤愤不平。本来觉得班长工作还能马马虎虎应付，现在又开始讨厌了。

"哎呀，哎呀，停吧，这是什么歌啊？猪叫声也比这好听。"

永镇发着牢骚，背上书包走出教室。同学们纷纷跟着走了。我也无法继续排练。

"路云，我们班怎么办啊？"

大光跟我出来，无力地说。

"不用担心，明天我请老师帮忙就行了。"

我表面上不以为然，其实也在暗自担心。说不定老师又要拿我和帝河做比较，用教鞭赐予我荣光。这些倒可以忍受，只是如果合唱练不好，那就糟糕了。如果这次演出成功，其他班的同学也会对我另眼相看。现在他们还用鄙夷的目光看我，认为我是"选错

的班长"。全学年班干部开会的时候，我也能感受到这种目光。尤其是一班班长英雅最严重。三年级我和她同班，我欺负过她，不过她在班干部会议上这样对我，未免有些过分。上周班干部会议上，大家讨论秋季竞技表演大会的准备工作，英雅看着我，冷嘲热讽地说：

"只要五班班长能做好就行，其他班不需要担心。"

"不用担心，我们班肯定比你们班好得多。"

我在英雅面前夸下海口，其实没有信心。如果是帝河，应该可以顺利完成。

在岔路口告别大光后，我向前走出几步，停了下来。我看到了通往帝河家的胡同。

"真的生病了吗……"

我想了想，转身朝帝河家的方向走去。胡同口，生锈的大门里面传来狗叫声。我走到帝河消失的地方，四处张望。大部分围墙都很矮，可以清楚地看到里面，然而我没看到帝河的身影。胡同很小，我一直看到尽头，也不知道哪是帝河的家。

我正要从胡同口转身出来的时候，吱嘎一声，面前的大门开了，一位白发苍苍的老奶奶走了出来。

"帝河呀，姥姥马上就回来。"

老奶奶朝家里喊了一声，转过弯，匆匆消失了。我迟疑片刻，推开大门进去。

"姥姥，又忘了什么东西吧？"

帝河在厨房里大声说完，走了出来。一看是我，他停下脚步。我们默默地看着对方，很久都没有说话。

"好了吗？看上去没事啊。"

我先开口。

"不用你担心。你来我家做什么？"

帝河没好气地说道。

"我是班长，班里同学生病了，当然要来看看。"

"真搞笑，不过是选错的班长罢了。你不用管我，还是做好自己的事吧。"

帝河仍然对我冷嘲热讽。奇怪的是，我对他不像以前那样讨厌了。在家里看到他，感觉和在学校里截然不同。他不再是平时那个昂首挺胸，冷若冰霜的帝河。

"知道了，我不管。明天可以上学了吧？"

"……"

"学生就要按时上学。如果病好了，一定要来上学。"

"嗤，刚刚改掉迟到、旷课的毛病，这就要大牌了。"

帝河冷笑着说。我也笑了。坦率地说，在帝河的立场上来看，我的确令人讨厌。

"是啊，一当上班长，就不由自主地耍起了大牌。你也在我面前耍过大牌，对吧？啊，不，你不是耍大牌，你是真大牌！你和我级别不同，你是皇帝陛下。"

说完，我大声笑了。我忍了又忍，还是情不自禁地笑出声来。帝河只是板着脸瞪我。我本来是为了逗他笑，好像被他理解成戏弄了。

"如果你是因为我生气，你可以消气了。从明天开始，不要再缺席了。你不在，我们班都没法正常运转。我现在很需要班长助手。"

我发自内心地说。帝河仍然不说话，也不知道在想什么。我使劲踢着无辜的地面。我很着急，同时也感到不安。

"我，也许很快就要转学了。我正在央求妈妈帮我转学。在这里我受够了。"

帝河突然说道。我顿觉眼前一片空白。他要转学，我应该高呼"痛快"啊，可是我一点儿也高兴不起来。不能在尴尬状态下转学，这是懦弱行为。懦弱行为不仅是指攻击没有防御能力的人。在我看来，他是为了逃避尴尬而逃跑。我火冒三丈。

"懦弱的家伙，几天不上学，你就想出这么个主意？好，你随便，其他同学都会认为你是没脸见人才逃跑。你以前的优秀表现全部归零，留给大家的印象只是个没出息的胆小鬼。"

"你，混账！"

帝河紧握拳头，向我靠近。我也不甘示弱，死死地盯着他。空气中仿佛溅起了火花。

"我不如你学习好，班长也不如你做得好，可是我不会像你这么懦弱。你也想想吧，怎样做才正确。"

"……"

帝河什么都没说。我感觉自己的心脏都要爆炸了。我和帝河互相盯着对方，然后我转过身，朝大门走去。帝河似乎有话要说，嘴唇动了几下，终于没有开口。

"臭小子，我好不容易鼓起勇气来找你，差不多就行了，给个台阶就下吧。"

真不喜欢这个家伙。我好容易想和他和解，他竟然要转学！那合唱排练怎么办呢。

回家路上，我的头好痛，胃里也不舒服。我去在天家的商店里买了两块巧克力，吃完后有气无力地走回家。帝河小子竟然能让我战战兢兢，看来他的确比我厉害。

梦

第二天早晨，我早早就去了学校。一夜没睡觉，感觉眼眶胀痛。我坐在座位上，死死盯着门口。每当走廊里传来脚步声，我的心都提到嗓子眼儿。帝河没有出现。我的心似乎正在渐渐干涸。

"这家伙真的打算转学吗？"

我忐忑不安地揉着发涩的眼睛等待。转眼到了上课时间。我越来越不耐烦。

"无耻的家伙，我放下自尊，主动道歉……等见面的时候，看我怎么收拾他！"

我紧握拳头，瑟瑟发抖。正在这时，一张熟悉的面孔出现在教室后门。那是帝河。我揉了揉眼睛，的确是黄帝河。哇噢！我忘记了刚刚还摩拳擦掌，差点儿喊出声来。看到帝河，正奎跑过去，热情地打招呼：

"帝河，病好了吗？"

"嗯，好了。"

帝河若无其事地回答。看他笑呵呵的样子，应该真的没事了。他放弃转学的念头了吗？我好奇得要命，却没有勇气上前问他。帝河看着我，用眼神示意我去走廊。我迫不及待地冲了出去。帝河走在前面，在卫生间旁边的楼道角落里停了下来。

"你，不转学了？"

臭小子沉默片刻，缓缓地点头。

噢，神啊！黄帝河竟然也有这么酷的瞬间！

"你想得很对，理所当然应该这样。班长助手怎么可以不经班长允许就转学呢？"

我开玩笑地说着，凶巴巴地笑了。他也笑了。我们用同样的动作挠着后脑勺，默默地笑了一会儿。我的心情有点儿奇怪。

"我想了想，其实你说得对。我也不想做孬种。因为你，我明白自己犯了很多错误。以前我以为只要我哪方面都做得好，就不会被人看不起，即使没有爸爸……"

听到这句话，我大吃一惊。

"我爸爸妈妈早就离婚了，我和妈妈还有姥姥生活在一起。"

帝河大概看出了我的心思，没等我问，自己什么都说了。我无言以对，只是怔怔地站着。我没想到他会这么说。看似完美的帝河小子，心里竟然装着这样的痛苦。

"一定很痛苦吧。我和爸爸短期分开都不愿意，还跟爸爸发牢骚呢。"

我情不自禁地压低声音。帝河小声笑了。

"至少你不会像我这样，做不好的事情也要逞能做好。我总是只想自己。是你告诉我，这样很可耻。以后我也要像你这样，做不好就坦率地承认。这才是真正自信的表现。"

"我真的一无是处，我是真的不行，才承认自己不行的……"

我又搔了搔后脑勺。

"以后我们好好相处吧。"

帝河拍了拍我的肩膀，突然伸出手来。帝河的语气那么温和，我的耳朵都痒了。我毫不犹豫地抓住他的手。帝河的手温暖而柔软。

看到我们亲亲热热地走进教室，大光连连摇头。帝河挺直后背，走向座位，像皇帝似的威风凛凛。我静静地观察，这小子还真不错，看来我去他家是对的。有时候人需要鼓起勇气，才能像我这样得到意外的收获。这回合唱排练也不成问题了，想到这里，我忍不住笑了出来。

　　自从帝河带领大家排练合唱，我们班的演唱水平发生了天翻地覆的变化。

"帝河果然与众不同。"

帝河把合音分开，精彩地指挥，挨个指导同学。看到他这个样子，同学们忍不住点头。现在几乎没人讽刺帝河了。每次看到恢复原貌的帝河，我都感到心满意足。

别的班都是班长带领同学们排练，只有我们班由班长助手负责，同学们失望地看着我。不过，我不再像以前那样恶狠狠地咆哮了。

"那再让我替帝河指挥？如果你们愿意，我倒是可以。"

"算了算了，我们不再说什么了，你就忍一忍吧。"

每次排练都上下打量我，咂舌不止的锦珠用最大的声音说道。从那之后，其他同学也不再有任何不满了。我会在排练之前帮同学们准备好要喝的水，排练结束之后整理教室。我是班长，我想用这种方式为班级服务。大光也帮我，所以不算辛苦。

"哇！我们班能像现在这样和平，老师都难以相信。这是梦，还是现实？"

课堂上，老师偶尔会看看同学们，大声地笑。除了数学课，老师很少用教鞭赐予我荣光。

忙碌的十天匆匆逝去，终于到了竞技表演大会的日子。

妈妈按照事先说好的，带来了姐姐和明灿班长。明灿班长脸蛋白白净净，手像女孩子似的小巧玲珑。患有唐氏综合征的明灿班长在操场上看见我，笑呵呵地打招呼：

"哥哥，你好！"

语气笨拙，声音却明朗而又轻快。姐姐站在旁边，羞涩地笑了。只要看着明灿班长，姐姐似乎就很开心。姐姐喜欢的明灿班长竟然是唐氏儿，这让我有点儿意外。我怔怔地盯着他看，他还是笑得那么灿烂。看他的眼睛久了，不知不觉，我的嘴角也绽开了笑容。我似乎知道姐姐为什么喜欢他了。

"明灿班长，我不是哥哥，我和你一样，都是十一岁，以后就叫我的名字吧。"

"嗯，路云班长。"

这样回答之后，明灿班长似乎有些难为情，捂着脸嘿嘿笑了。

周围的大人们偷偷看着我们。我不在意。同学们从旁经过，窃窃私语的时候，我就挥起拳头，做出"看什么看"的口型，把他们吓跑。每当这时，姐姐都用崇拜的眼神看我，我很开心。

竞技表演大会从六年级三班哥哥姐姐们的四物游戏开始，精彩地拉开帷幕。接下来是一年级学生共同准备的舞蹈节目。二年级和三年级集体表演了滚球和旗舞。坐在操场不同位置的家长们对年幼晚辈们灵巧的动作报以掌声，开心不已。

三年级的旗舞结束后，哥哥姐姐们的特长比赛正式开始。四年级四班的街舞结束了，我们班的同学们紧张地登上舞台。我站在最后一排，环顾操场。姐姐在操场边缘的藤萝下挥手。妈妈和明灿班长站在旁边。爸爸不知道什么时候也来了，他站在妈妈身后，举起手来。

"爸爸!"

将近三周没见到爸爸了。我真想马上跑下去,扑进爸爸的怀抱,好不容易才忍住了。老师准备伴奏的时候,帝河组织同学们排好队形。

"班长,干什么呢!上场之前,你先到前面介绍节目内容,向大家问好才对啊。"帝河说道。

我往爸爸那边看了看,慌张地叫道:

"喂,这些事不是指挥该做的吗?"

"那是班长的工作,我是班长助手,不是班长。"

帝河笑呵呵地说。正巧老师发出伴奏准备完毕的信号,我怯生生地走上前去。抓起麦克风的瞬间,我的手在颤抖。该说什么呢?我只觉得眼前漆黑,大脑空白。这时,我看到爸爸吹着口哨冲我挥手。姐姐也在使劲鼓掌。

"对,明灿班长看着我呢,不能因为这点儿小事紧张。"

我深深地吸了一口气,然后鼓起勇气,对着麦克风说道:

"大家好！我是四年级五班班长李路云。我们班
准备了合唱节目，请大家欣赏，也请多多鼓掌。谢谢
大家。"

我按捺着心头的紧张，终于说完了。掌声从四面
八方响起。

帝河的指挥棒落下的同时，我们开始大声唱歌。

也许是声音通过扩音器扩散出去的缘故，歌声听起来更加雄壮，更加动听。我像金鱼似的嘴巴只张开一条缝。我生怕自己这个乐盲的声音会让歌声变得奇怪，尽可能小声地做口型。如果放在从前，我才不管会不会毁掉合唱呢，只管扯着嗓门大喊。现在，我不能这样。因为那不是班长该做的事。

我们唱完的时候，令人愉快的掌声持续了很久。幸好我拜托大家多鼓掌了。

随后是五六年级哥哥姐姐们的精彩表演。不愧是前辈，他们想出了很多我们想都想不到的奇妙点子。五年级一班表演了怡人的合奏，六年级四班准备了比电视喜剧节目更有趣的小品。六年级五班同学化装成童话主人公，上演了精彩的时装秀。聚集在操场上的人们都沉浸在同学们的表演中，看得入迷。

表演结束后是家长们的赛跑。爸爸妈妈们比赛的时候，操场里喊声震天。爸爸最先冲向终点线。还是我的爸爸最厉害。

所有的项目都结束了，校长公布竞技表演结果。

我们获得亚军，位列表演合奏的五年级一班之后，每人得到一本童话书。校长称赞了我们很长时间，说全班同学一起表演的场面太美了。早会时总觉得校长的话无聊至极，这次却感觉很甜蜜。

活动结束了，我们全家和明灿班长一起回家。我拉着姐姐和明灿班长的手。他们俩的手都很温暖。听着姐姐爽朗的笑声，我想我该把铁锤的窝清除了。

"铁锤的离开是为了告诉我，姐姐是怎样的人。长期以来，我一直没有发现神灵赐给我的宝贵礼物，铁锤的离开是为了让我清醒。一定是这样的。铁锤不是姐姐害死的。"

我悄悄转头。姐姐心平气和地承受着或许本来应该由我承受的煎熬，脸上的笑容却如春花般绚烂。我第一次产生了这样的念头，我也要成为姐姐的礼物。

转眼间秋风瑟瑟，寒假近在眼前。我的个子长了五厘米，难道是因为喝了太多太多牛奶？巧克力吃得少了，体重反而减轻了些。自从看出我长个子之后，

柏溪即使肠胃不舒服也要坚持喝牛奶。其他不想喝牛奶的同学也是这样。太好了，只是在我还想多喝牛奶的时候有点儿遗憾。因为我知道，班长要先考虑班里的同学，而不是自己。好像喝了牛奶之后，我的心灵也成长了。

还有件好玩的事情。五年级竞选班长的时候，参加竞选的同学骤然增多。不仅大光，还有书生敏浩、胆小鬼东裴、河马锦珠，只要聚到一起，他们就兴高采烈地讨论明年的班长竞选。

"路云都当班长了，
我们为什么不能？"

他们异口同声地说。说得没错，
我只是笑笑。最近几乎没有人叫我
"选错的班长"或"海洛因"了，每天
都过得很开心。

有趣的是姐姐也嚷嚷着明年要接明灿的班，
竞选班长。看来明年春天，班长
候选要人满为患了。到时候我再
竞选一次怎么样？